KB048653

함부로
오늘을 버리지
않을 것

함부로
오늘을 버리지
않을 것

왕다현 에세이

혜화동

차례

제2장 오늘 나의 [월급]

매달 빠져나가기 바빴던 월급을
내게 투자하는 의미 있는 목적으로

제3장 오늘 나의 [글]

취미로 좋아하는 줄 알았던 글을
나답게 잘 써서 또 하나의 업으로

제4장 나의 소중한 [오늘]

연제 올지 모르는 미래가 아니라,
바로 지금 가까이 있는 오늘 더 잘 살기로

주저앉혔던 사고가
저를 다시 일으켰습니다

2018년 6월 19일, 밤 10시.

제법 더웠던 그날. 버스에서 하차하려는 순간 무언가가 제게 돌진해서 부딪쳤고, 그대로 강한 충격에 휩쓸려 쓰러졌습니다. 다리는 뜻대로 움직이지 않았어요. 새벽 내내 대학병원 응급실을 옮겨 다니며 의사 선생님에게 들었던 말은.

"24시간 내 응급 수술을 진행해야 합니다!"

네?!?!?!

아직도 그때의 상황이 생생합니다. 이젠 잊을 수 없는 기억이 되었죠. 그 이후로 꽤나 오랜 시간 걸을 수 없었습니다. 그리고 1년 후, 다시 철심을 제거하는 2차 수술을 해야 한다는 말도 들어야 했죠.

'멀쩡하게 일상생활을 했던 내가 왜 병원에 있어야 하며, 걸을 수 없게 된 걸까?'

한참을 속으로 되뇌었죠. 반년 동안 수많은 생각이 지나 갔죠. 언제 걸을지 알 수 없는 날만 보내고 있었으니까요. 그런데 저를 오랫동안 주저앉게 만들었던 사고는 제 삶에 많은 변화를 가져다줬어요.

병원 밖에서, 집 밖에서 걸어 다닐 수 있다는 사실에 감 사할 수 있게 됐습니다. 당연하게 누려 왔던 것이 절대 당 연하지 않고, 언제든 나에게서 사라질 수도 있다는 걸 알 게 됐어요.

반년간 외로운 시간을 견디고 나니, 걷게 된다면 조금 더 잘 살아 보고 싶더라고요. 회사 생활에 슬럼프도 왔고, 앞으로의 삶에 대한 고민이 많았어요. 그러던 중에 찾아왔 던 사고라 더 절망적으로 느껴졌지만, 그 덕분에 오랜 시 간 제 마음을 살펴볼 수 있었습니다.

사회생활을 시작한 후, 좋은 조건만 보고 퇴사와 이직을 반복했던 저는 정말 가져야 할 욕심만 부리기로 했습니다. 생각의 변화만으로도 많은 것이 달라졌어요. 사고 후 저는 블로거가 되었고, 강의도 해 보고, 회사 업무 외 저에게 들어오는 일과 돈이 생겼고, 지금처럼 책을 내게 되기도 했습니다. 꿈도 꾸지 못했던 일이 꿈처럼 일어났어요.

사고는 분명 저를 주저앉혔어요. 한없이 우울했고 일어날 수 없던 날이 계속됐죠. 그러나 그게 결코 끝은 아니었습니다. 만약 그때로 돌아간다면 제게 말해 주고 싶어요.

"괜찮아. 지금 이 시간이 더 가치 있는 너로 만들어 줄 거야. 오늘에 충실하자."

누군가는 그 당시 저처럼 지금 그런 시기를 보낼 수도 있겠다는 생각에 기록할 수 있는 용기를 낼 수 있었어요. 어떠한 이유로 지쳐 있는 여러분 곁에서 작은 위로의 말을 전할 수 있는, 외롭지 않게 잠시나마 함께할 수 있는 책이길 바랍니다.

2020년 가을, 왕다현

제1장

오늘 나의 [시간]

갑자기 찾아온 기나긴 시간을,
오로지 나를 위한 재도약의 발판으로

하늘 감상 실컷 했던 날

하루를 정신없이 보내면서 하늘 한 번 쳐다볼 여유조차 없었다. 스마트폰 볼 시간은 있었어도 하늘 볼 생각은 왜 못 했는지.

한여름만큼은 아니어도 일하다 보면 손에 땀이 맺혀 오던 6월 중순, 한창 이직을 준비하면서 아르바이트를 마치고 집으로 가던 길이었다. 습하고 끈적거리는 느낌이 온몸을 휘감고 있어 버스를 기다리면서도 빨리 씻고 쉴 생각밖에 없었다. 하지만 집 근처 정류장에 하차할 때부터 그 다음 날까지, 나는 여태 못 했던 하늘 감상을 실컷 해야 했다.

그것도 내내 누운 채 말이다.

하늘이 이렇게 예뻤었나···?
그날따라 어두운 하늘엔 달빛이 빛나고 있었다.

버스가 멈추고 문이 열린 뒤 여느 때처럼 자연스럽게 하차했다. 그렇지만 공교롭게도 정류장과 거리가 많이 떨어져 있었고, 그 사이로 전동 킥보드 한 대가 전속력으로 돌진해 오고 있던 게 바깥 상황이었다.

하필 제일 처음 내린 탓에 사고를 당했지만, 내가 아니었더라도 그 상황에선 다른 어떤 이가 밤새 하늘을 봐야 했으리라. 버스 하차 계단을 벗어나 도로에 한 발짝, 그리고 두 발짝 채 떼지 못한 그 순간, 달려오던 전동 킥보드에 그대로 받쳤고, 그 자리에서 쓰러졌다. 순식간이었다.

내 눈으로 확인하고도 놀랐다. '전동 킥보드라고?!' 자동차 못지않게 빨리 다닐 수 있다는 걸 처음 알게 되었다. 몸으로 받쳐 보니 살다가 어느 순간 예고 없이 죽음을 맞이할 수도 있겠다는 생각이 스쳤다. 평소에 느끼지 못했던 강한 충격을 받아서인지, 악 소리도 나오지 않았고 몸은 순간적으로 굳어 버렸다. 일어나 보려고 애썼지만, 이미 왼쪽 하반신은 내 의지로 움직일 수 없었다. 전동 킥보드를 탔던 남학생은 차도에 쓰러져 있는 나를 안전한 곳으로 옮기려고 했지만 가능할 리 없었다. 집 안이 아닌, 도로 한복판을 내 방 삼아 누워 있어야 했다.

응급실에 도착한 후, 각종 검사를 다 받았다. 엑스레이부터 CT, MRI까지. 간단한 촬영을 하는 것부터 버거웠다. 몸을 마음대로 움직일 수가 없었는데, 병원에선 일단 지금 상태를 확인해야 하니 촬영부터 해야 한다며, 환자분이 움직이셔야 한단다.

'움직일 수 있었으면 실려 오지도 않았다고요!!'

결과를 기다리는 동안, 이게 무슨 상황인가 싶었다. 나는 아무것도 할 수 없어서 누워만 있었는데, 멀쩡하게 나갔던 딸이 응급실에 실려 와 있는 걸 본 엄마는, 순간 많은 생각이 떠올랐으리라.

아빠를 일찍 하늘나라로 보냈던 엄마였다. 이런 일이 있을 때마다 엄마의 심장이 남아나지 않으리라는 걸 알고 있었던 난, 괜찮을 거라며 애써 덤덤한 척 엄마 옆에서 결과를 기다렸다.

데스크 쪽에서 얘기하는 의사 선생님의 말은 희미했지만 골절이 어쩌고, 수술이 어쩌고 했던 거 같다. 그런데 당장 입원할 입원실이 없어 전원을 가야 한단다. 다시 또 구급차행. 직접 설명을 듣진 않았지만 간단히 치료하고 넘어갈 일이 아니라는 걸, 직감했다. 하지만 끝날 때까지 끝난 게 아니라고 했던가. 두 번째 병원에선 수술할 의사 선생님의 스케줄이 안 된단다.

'네? 아니, 의사 양반…!!'

새벽을 꼬박 새우며 수술 가능한 병원을 찾아 헤매고 또 기다리고, 응급실은 기다림의 연속이었다. 수소문해 집에서 멀리 떨어진 대학 병원으로 다시 이동했다. 병원만 벌써 세 번째였다. '수술받아야 하는 환자를 이렇게 뺑뺑이 돌게 해도 되는 건가?!' 싶었지만, 뭐가 됐든 이번엔 무사히 치료받았으면 좋겠다는 생각이 앞섰다.

누운 채로 움직이지 못해서인지 구급차가 통통 튈 때마다 아파 왔다. 이 병원에서, 저 병원으로 이동할 때마다 밖에서는 깜깜한 하늘, 안에서는 병원 천장만 보였다. 밤 10시에 사고가 났는데, 세 번째 병원에 도착했을 땐 새벽 4시를 넘어서고 있었다.

도대체, 지금 나한테
무슨 일이 일어난 걸까.
사는 게 원래 내 마음대로 안 된다지만,
이건 좀 너무한 거 아냐?

나한테 일어난 일인데,
무슨 일인지 알 수 없었다.

*** **2** ***

마음 진통제도 있으면 좋으련만

드디어 검사 결과를 제대로 들었다. '대퇴부 경부 골절'
이라는 진단과 24시간 안에 응급 수술이 필요하다는 말이
었다.

대퇴부 경부 골절은 뭔지 모르겠고, 뒤이어 나온 '수술'
이라는 단어에 겁이 났다.

대퇴부는 골반 아래에 있다. 우리 몸에 있는 단단한 관
절 중 한 곳으로, 고관절이라고도 불린다. 고관절은 우리
몸처럼 머리, 목, 몸통으로 나뉘는데, 나는 정확히 목 부분
이 골절됐다고 했다.

그곳으론 중요한 혈관과 신경이 지나간다. 골절로 인해

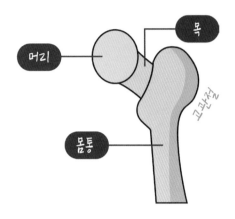

머리

목

몸통

고관절

혈액 순환이 정상적으로 되지 않을 경우, 괴사가 일어날 수 있단다. 그래서 결국 난, 장대 철심 세 개를 관절에 고정시키는 수술을 하게 됐다.

천장의 조명과 마주하고서야 드라마에서만 봤던 수술실에 들어왔다는 걸 실감할 수 있었다. 살다 보면 언제든 다칠 수도 있다고 생각했지만, 그게 오늘의 내가 된다고는 생각하진 않았다. 그런데 현실로 마주하게 된 것이다.

마취 약이 주입되었고, 숨을 두 번 들이마셨다. 그러곤 기억이 없다. 두 가지 장면만 남았을 뿐이다. 수술이 끝났는지 흐릿한 시야 앞에 '환자분! 환자분!'하며 누군가 나를 깨우는 장면, 또 하나는 회복실에서 눈을 뜨자마자 구역질이 나와 가까스로 진통제를 놔 달라고 말했던 장면이었다. 전신 마취로 인해 시간이 얼마나 흘렀는지 알 수 없었는데, 수술실에서 다시 나오기까지 네다섯 시간이나 걸렸단다. 그러는 동안 엄마와 동생은 대기실에 있으면서 오만 가지 생각이 다 났다고. 가족들의 마음을 모두 헤아릴 순 없지만 얼마나 초조했을지 짐작이 가기에 애길 듣곤 미안한 마음뿐이었다.

'입원실로 가면 그걸로 한숨 돌릴 줄 알았는데⋯.'

수술이 잘됐다는 의사 선생님 말씀에 안도하려는 찰나, 1년 뒤에 받게 될 두 번째 수술에 대해서도 듣게 됐다. 그 이후에도 주기적인 검진을 통해 혹시나 모를 상황에 주시해야 한다고 했다.

'이제 앞으로 몇 년은 예전 같을 수 없겠구나⋯.'

자고 일어나 보니 마주하기 버거운 현실이 나를 기다리고 있었다. 병실 벽면에 걸려 있는 시계는 여전히 같은 속도로 바늘을 움직이고 있었다. 다른 사람 세상은 다 그대

···기나긴 기다림만 있을 뿐이었다.

로인 거 같은데, 내 세상만 송두리째 바뀌어 있었다.

움직일 수 없는 다리를 보고 있으니, 마음은 더 아려 왔다. 마음에 쓰는 진통제도 있으면 좋으련만, 맨정신으로 달라진 상황을 받아들여야만 했다.

끝이 없구나, 정말.
원래 내 마음대로 되는 인생은 없다지만
이건 도대체 얼마나, 어떻게 견뎌야 하는 걸까.

정신 차리고 눈을 떠 보니 왼쪽 다리는 압박 스타킹을 한 채, 쿠션에 올려져서 난생처음 보는 기계와 연결되어 있었다. 왼쪽 팔엔 영양 공급을 할 수 있는 수액과 무통 주사 등등 여러 주머니와 연결된 주삿바늘이 꽂혀 있었다. 코엔 산소 호흡기까지. 그야말로 눈만 깜빡일 수 있었지 아무것도 할 수 없는 '환자'가 되어 있었다. 수술실 가기 전 깨끗했던 환자복은 무슨 일이 있었는지 붉은 얼룩이 그대로 남아 있었다. 그 상태에서 난 옆으로 눕지도 못했고, 몸에 힘을 줄 수도 없었다.

내 몸 같지 않았다. 돌덩이같이 무겁게만 느껴졌다. 움직이지 못하니 화장실도 못 갔고, 소변 줄로 대체해야 했다. 금식이라 밥 대신 주사로 영양을 보충받았다. 음식물을 넘긴 지 꽤 오래됐는데, 뭔갈 먹고 싶은 마음은 이미 사라진 지 한참이었다.

24시간 전으로 돌아갈 수만 있다면.
그때, 그 시간에 내가 버스를 타지 않았다면.

복잡한 심경 속에서도 머릿속엔 여러 생각이 뒤엉켰다. 시간을 돌릴 수 없다는 걸 너무나 잘 알면서도, 무의미한 상상을 해 보면서 다시 돌아가고 싶어 했다. 마치 나에게 선택권이 주어지기라도 하는 듯 상황을 가정해 보면서.

수술한 날 저녁, 가해자 가족은 침대에 누워 있을 수밖에 없는 나와 마주하고 사과를 건넸다. 사고는 사고일 뿐이었다. 말할 힘조차 내겐 남아 있지 않았지만, 속에 있는 원망의 말을 퍼붓는 대신 그저 억울한 마음에 눈시울만

붉어졌다. 머리론 알고 있어도 가슴으론 받아들이지 못했다. 어느 한 사람도 편할 수 없었던 길고 긴 침묵의 순간이었다.

3

어쩌면 당연하지 않은 일들

상황이 바뀌고 나니 내 일상도 모든 게 달라졌다. 여태 껏 나름 새로운 경험을 하며 살아왔다고 생각했는데, 걸을 수 없게 되니까 '처음' 하는 것투성이였다. 당연하게 해 왔 던 일들을 다른 방법으로 새로 다시 배워야 했다.

아침마다 회진으로 만나는 너그러운 의사 선생님들과 달리, 내 주치의 선생님은 나에게 매일 미션을 주셨다. 몸 은 뜻대로 안 따라 주는데, 자꾸 할 수 있다고 말하고 떠나 셨다. 그땐 그게 불만이었지만, 지금 생각해 보면 그런 의 사 선생님을 만나서 참 다행이었다. 미션을 생각하면서 잠시는 마음의 고통에서 벗어날 수 있었다.

수술받던 날의 엄마도, 회진 시간의 나도 의사 선생님을 만나면 '언제 걸을 수 있나요?'부터 물었다. 우린 그게 제일 중요했다. 의사 선생님은 6주 뒤에는 가능하다고 하셨다. 그 말뜻은 6주 후부터 겨우 발을 땅에 디뎌도 된다는 소리였지만, 당시에는 정상 보행을 할 수 있다는 말로 잘못 알아듣고 꽤 희망을 가지고 있었다.

다시 감각을 찾기 위해선 휠체어도 타 보고, 목발도 짚어 봐야 한다고 했다. 침대에 의지한 채 앉아 있는 것만으로도 세상이 빙빙 도는데, 휠체어라니! 난생처음 마주해 보았다.

마음이 무거웠다. 그래도 타 보겠다고 결심했지만 생각과 달리 몸은 예전과 많은 차이를 보였다. 무릎을 접어 다리를 굽히는 것만으로도 식은땀이 줄줄 났다. 내 다리가 이렇게 무거운 돌덩이가 될 줄은 몰랐다. 한번 휠체어를 타려고 시도하면 머리까지 핑핑 돌았다.

'이게 이렇게 힘든 거였나…!'

도대체 왜 내가 이 고생을 해야 하는지 알 수 없었다. 휠체어에 오를 때마다 사고 가해자가 원망스러운 건 어쩔 수 없었다.

　계속된 미션 덕분에 그나마 누군가를 원망할 시간도 줄었다. 시도해 보고 안 되면 또 쉬다가 잠들었다가, 다시 또 해 보고 그렇게 어려웠던 휠체어도 익숙해질 무렵, 이번 엔 목발이 나에게 주어졌다. 걷지 못해서 서 있는 게 어색했는데, 잠시나마 목발로 지탱하고서라도 서 있을 수 있어 반갑기도 했다. 누워만 있어야 했을 땐 꼬리뼈가 눌려 고생했던 탓이다. 그렇다고 자세를 바꿀 수가 있나, 옆으로 돌려 누울 수가 있나. 약간만 각도가 바뀌어도 통증이 즉각 반응했다. 목발 짚는 게 몸에 힘이 더 들어가고 행여나 어디 걸리거나 미끄러질까 신경을 곤두세워야했지만, 꼬리뼈 통증을 잠시는 덜어 낼 수 있었다. 왼발은 힘을 주면 안 됐기 때문에, 오른발과 팔에 온 힘을 줄 수밖에 없었는데, 그러다 보니 멀쩡했던 어깨도 같이 아파 오는 건 덤이었다. 힘이 들어간 손가락은 늘 통통 부어 있었다.

　그렇게 하루, 이틀, 일주일. 나의 새로운 시간은 어찌어

찌 흘러가고 있었다.

병원에 입원한 지 2주가 다 되어 갈 무렵. 절실한 바람이
생겼다. 바로 샤워였다. 매일 세수하고 양치하는 것도 녹
록치 않았지만, 따뜻한 물에 샤워 한 번 하면 소원이 없겠
다고 생각했다. 여태껏 바랐던 소원 중에 가장 소박했지만
가장 간절한 것이었다. 수술한 곳이 팔이나 발끝이었으면
그 부위를 들고서라도 씻었을 텐데 골반 바로 인근이었기

다시 걸음마를
배울 줄이야…

에 이러지도 저러지도 못했다.

샤워는 고사하고 머리를 감는 것도 보통 일이 아니었다. 한번 머리를 감으면 감겨 준 엄마 옷은 물론이고 내 환자복까지 땀과 물로 다 젖어 있었다. 씻으면서도 '이게 진짜 씻는 게 맞나?' 싶었지만, 그걸로 만족했다. 퇴원하고 집에 와서도 샤워 한 번 하려면 수술 부위에 방수 패드 붙이고, 욕실에 의자 세팅하며 하나씩 준비하느라 또 얼마나 번거롭던지. 이렇게 어려운 단계를 거쳐서 샤워하게 될 줄은 어디 상상이나 했던가. 아무렇지 않게 혼자 욕실로 직행해 샤워하고 나왔던 날들이 머릿속에서 지나갔다.

너무 익숙해서 당연하게 받아들였던 일이
어쩌면 당연하지 않았던 것들이었을 수도 있구나.
몸 하나 씻는 것도
이제 나한텐 버거운 일이 됐구나…

4

내 삶의 기준이 내가 아니라면

'아직 걷지도 못하는데, 퇴원이라고?'

잘못 들은 거 아닌가 싶었지만 청력은 멀쩡했다. 입원이 처음이었던 나는 완벽하게 다 나으면 퇴원하는 거라고 생각했는데 그게 아니었다. 뼈에 철심을 박아 둬서 잘 고정되고 시간이 지나야만 걸을 수 있었기에, 당장 병원의 어떤 치료로 해결될 수 있는 문제가 아니었던 거다.

퇴원 후 그렇게 가고 싶었던 집으로 올 수 있었다. 다시 마주한 집은 그대로였는데, 내 모습은 많이 달라져 있었다.

병원에서는 모두가 환자니깐 서로 돕기도 하고 필요한 시설도 갖춰져 있었지만, 집에 오니 모든 게 불편해졌다.

그야말로 집 안에 갇힌 꼴이었다. 당시는 폭염이 한창이었고, 뉴스에선 매일 특정 자동차 모델에서 불이 났다는 소식을 들을 수 있었다. 오히려 집에 있는 게 나을 수도 있겠다 싶었지만, 무더위로 바람이 통하지 않아 갇혀 있던 공기 때문에 두통으로 골머리를 앓았다. 밖으로 나가면 차는 쌩쌩 달리고 뛰어다니는 아이들도 있다 보니 외출 자체가 조심스러웠다. 넘어져도, 부딪쳐도, 사고가 나도 안 된다는 주치의 선생님의 당부를 떠올리며 6주가 빨리 지나기를 바랐다.

집에 와서 자유롭게 움직일 수 있었다면 다른 일을 해서라도 시간을 어떻게든 빨리 보냈을 텐데 그럴 수 있는 상황이 되지 못했다. 화장실을 가는 것도, 앉았다 일어나는 행동도 혼자 할 수 없었으며, 물 마시러 거실에 나갈 수도 없었다. 그렇게 무기력하게 바보가 되어 간다고 느낄 정도로 우울하고 외로운 시간이 흘렀다. 생각보다 6주는 길었다.

기다리던 6주가 지나니 주치의 선생님은 이제 왼쪽 다리에 힘을 줘도 된다고 하셨는데, 여전히 내 다리는 목발이 없으면 설 수 없었다.

'언제쯤이면 혼자 예전처럼 걸을 수 있을까?'

마음이 조급해졌다. 아무것도 못 한 채 집에 있는 동안 다른 사람들은 경력을 쌓아 더 앞서가고 있다는 생각을 하니 자존감은 시간이 갈수록 바닥이 되었다. 사고를 겪어서, 내가 할 수 있는 게 없어져서, 자존감이 낮아졌다고 생각했다. 그런데 그런 상황 때문만은 아니었다.

나중에야 알게 됐지만, 내 자존감은 내 삶의 기준을 내가 아닌 다른 곳에 두고 있어서였다.

시험을 볼 때도, 성적이 다른 친구들에 비해 너무 뒤처지면 어쩌지? 걱정했다.

취업을 준비할 때도, 남들보다 많이 늦어지면 어쩌지? 걱정했다.

사고가 난 후에는 나에게 주어진 선택지가 아예 사라졌다. 이전에 걱정했던 것들은 내가 노력하면 맞출 수 있었지만 건강은 그럴 수 없었다.

머릿속에 맴도는 그저 단 하나뿐인 생각.

'이제 뭘 할 수 있을까.'

누구의 기준인지 알 수 없었다.

결국 걷지 못했던 그 수많은 시간 속에서 난 한참을 헤어 나올 수 없었다.

　　남들보다 연봉이, 승진이, 결혼이….
　　언제나 내 삶의 기준이 내가 아닌 남에게 있었다.
　　그래서 더 초조했는지도 모르겠다.

5

오늘은 그저 오늘일 수 있을 뿐

시간이 흘러도 여전히 걸을 수 없는 내 모습과 나 혼자서 할 수 있는 일이 하나도 없다는 사실 때문에 매 순간 무기력했다. 걷지 못하니깐 가만히 앉아 있으면 된다고 생각했는데, 착각이었다. 앉아 있으면 수술 주변의 근육이 굳어져 가는 느낌이 왔다. 자세를 바꿔 줘야 오히려 덜 아팠기 때문에 같은 자리에서 앉았다, 누웠다, 목발 짚고 일어났다가 수시로 반복했다.

못 하는 것들이 많다 보니, 평범하게 아침에 일어나 준비하고 출근하는 동생이 부럽기만 했다.

예전엔 당연하게 오늘과 비슷한 내일이 온다고 생각했다. 피곤한 몸을 일으켜 알람을 끄고, 서둘러 출근 준비를 하며 시작하는 아침이 누구한테나 주어진다고 생각했다. 내 마음대로 씻을 수도, 화장을 할 수도 없으며, 옷 갈아입는 것도 버거운 일이 되고 나서야 알았다.

오늘과 비슷한 내일은
없을 수도 있다는 걸.
오늘은 그저
오늘일 수 있을 뿐이라는 걸.

왜, 무슨 이유로 내가 이런 고통을 겪어야 하는지 알 수 없었고, 모든 게 원망스러웠다. 이런 상황에 대해 속 시원히 말해 줄 사람이 있길 바랐다.

'도대체 왜 하필 나한테…!!'

살면서 힘든 일은 찾아올 수 있다지만, 확률적으로 이렇게 다칠 일이 얼마나 있을까를 생각하니 억울했다. 누군가 이유라도 말해 주면 숨통이 트일 거 같았다.

사고는 그냥 사고였는데, 내 마음이 그렇게 받아들이지 못했다. 처음엔 가해자를 원망했다가 정류장과 멀찌감치 떨어져서 내려 준 버스 기사님을 원망하기도 했다. 왜 이렇게 됐는지 원인을 찾으려고 했지만, 이렇다고 할 만한 답은 나올 리가 없었다.

집 안에서 생활하며 목발로 왔다 갔다 하던 중, 하루는 전동 킥보드에 치여 사망한 사건을 보도하는 뉴스를 들었다. 빨리 회복되기만을 바라고 가해자를 원망했었는데, 생사가 오갈 수 있었던 사고라는 걸 실감하게 됐다. 난, 어쩌면 내일을 맞이하지 못했을 수도 있었던 거였다.

그때부터 조금씩 생각이 달라졌다. 내가 언제, 어떻게 될지 모르는 건데 여태 너무 남의 눈, 남의 기준만 보고 비교하며 살아온 게 아닐까? 세상의 평균에 나를 끼워 맞추려고 한 게 아닐까?

앞으로도 계속 그렇게 살면 나중에 억울할 거 같았다.

그때 가서 원망하지 않으려면 지금부터, 나를 위해 살아야 하지 않을까?

세상의 평균은 정말 우리 모두의 평균일까?

*** 6 ***

나를 과녁이 아닌 거울로서

한순간에 달라진 상황에 대한 답을 찾으려 나한테 던졌던 질문들은 뾰족한 화살이나 다름없었다.

'나한테 왜 이런 일이 일어났을까?'

'하늘이 벌주시는 걸까?'

꼭 이런 질문이 아니더라도 사람들의 시선이, 아무렇지 않게 건넨 누군가의 말 한마디가, 스스로에 대한 후회가 언제든 뾰족한 화살로 변해 나에게 꽂혔다.

걸을 수 없는 시간 동안 혼자만의 시간을 가졌다. 아플 거 다 아프고, 괴로울 거 다 괴로워하면서, 이대론 딱 우울증 걸려 죽겠다 싶었을 때, '일단, 나부터 살고 보자' 했다.

나를 괴롭히는 화살 지옥 속에서
마음을 지키고 통제할 수 있는
가장 좋은 방법은
충분히 내 마음을 돌보는 시간을
가지는 거였다.

내가 왜 지금 우울한지, 무기력한지, 무슨 이유로 지금
이런 생각을 갖고 있는지 고민했다.

혼자서 걷지 못하는 시간이 길어지니 몇 개월 전만 해도
아무렇지 않게 출퇴근했던 내 모습이 생각났다. 회사를
다니고 있었을 때도 분명 그 생활에 회의를 느끼고 퇴사
를 결심했는데, 상황이 바뀌니 다시 출퇴근했던 그 모습
을 떠올리고 있었다.

'난 왜 괴로운 거지?', '회사 생활을 지긋지긋하게 생각
했으면서도, 다시 나으면 왜 회사에 갈 생각부터 하는 걸
까?' 고민해 봤다. 걸을 수 없는 상황이 되니까 또다시 회
사 생활을 그리워하는 내가, 스스로도 의문이었다. 통장
잔고는 점점 줄어드는데, 걸을 수 없으니 멀쩡하게 걸어

다녔던 날들이 떠오르면서 그때가 좋았다고 생각하기도 했다. 그런데 그런 이유 때문만은 아니었다.

난 '평범한 삶'에 끼고 싶었던 거였다. 내 상황이 평균의 범위에서 멀리 벗어났다는 생각에 마음이 힘든 거였다. 막상 회사에 들어가면 또 좋지만은 않을 건데, 걷지 못하는 상황이 되니 '평범한 직장인'에 끼고 싶었던 거다. 그게 내가 회사 생활을 싫어하면서도, 다시 떠올리는 이유였다.

그런데 내일 죽을지도 모른다고 자각하니 '평균'의 기준은 나한테 더 이상 중요한 게 아니었다. 그렇게 당장 갈 수도 없는 회사에 대한 내 마음이 정리됐다. 자존감만 깎아 먹는 조급함과 거리를 둘 수 있었다.

사고가 나기 전, 언젠가 '세상을 바꾸는 시간, 15분'이란 프로그램에 나오는 야나두 대표의 강연 영상을 본 적이 있었다. 사업에 실패했을 때, 좌절감이 몰려왔을 때, 그가 선택했던 방법은 삼시 세끼 꼬박 챙겨 먹고 하루에 세 번 양치질하기였다고 했다. 실패할 수 없는 목표를 만드는 것. 그게 그가 고통 속에서 벗어 나올 수 있는, 다시 일어설 수 있는 시작점이었다고 했다.

그 이야기를 떠올리고 실천했던 건 아니었는데, 어느 순간 살려고 발버둥 치다 보니 나도 비슷한 생활을 하고 있었다. 그때야 그 말에 공감할 수 있었다. 아침에 일어나면 양치질하고, 세수하고, 밥 먹고, 약 먹고, 점심과 저녁까지 챙겨 먹으면서 가장 기본적으로 할 수 있는 것들에 집중하며 시간을 보냈다. 더 하려고 하지도, 덜 하지도 않았다. 더 이상 스스로 괴롭히지 않고, 시간을 가지면서 감당할 수 없었던 상황을 마음속 저 깊은 곳에서부터 아주 조금씩 받아들이기 시작했다.

하고 있던 생각들을 바꿔 나갔다. 어차피 못 움직이는 거 이 조건에서도 가능한, 해 보고 싶었던 것들을 원 없이 해 봐야겠다고. 여태 난 지금 내 상황에서 할 수 없는 것들만 보고, '왜 나는 누릴 수 없는 걸까?'만 생각했다. 그러니 더 마음만 고달프고 힘겨웠다. 반대로 누릴 수 있는 것들을 생각했다면 마음이 편했을 거다. 근데 그게 그렇게 말처럼 쉽지 않았다.

그래도 마음먹었다.

나부터 챙겨야겠다고.

걸을 수는 없어도, 다행히 머리와 상체는 멀쩡했다. 그
래서 나를 위해 생각하고, 읽고, 쓰기로 했다. 할 수 있는
일을 찾으니 하루 24시간도 더 이상 지루하지만은 않았다.
생각보다 여유로웠을 뿐이다.

책 읽고, 글 쓰고, 생각하는 동안 나도 모르는 사이 몸도
회복되어 갔다. 책을 몇 권씩 읽고, 기록하다 보니 처음에
양팔에 끼고 있던 두 개의 목발은 한 개로 줄었고, 그마저
도 사라지면서 뒤뚱뒤뚱 걷는 나로 변하고 있었다.

그렇게 미칠 듯 괴로울 때 내가 못하는 건 그만 떠올리고,
대신 남들이 못 가진 여유로, 나는 나만의 시간을 보냈다.

살자고 나부터 챙긴 거였는데,

주위를 보니 힘든 나를 보고 더 힘들어했던

모두가 편안해졌다.

나부터 챙기길 참 잘했다.

시간을 갖는 건 나에게 꼭 필요한 일이었다. 내 성격을 잘 이해할 수 있게 됐고, 또 어떤 부분이 내 자존감을 떨어뜨리는지도 알 수 있었다. 그냥 덮어 두면 나중에 비슷한 상황에 처할 때마다 다시 자존감은 바닥을 향하고, 원인을 알 수 없어 괴로워할 게 뻔했다. 오래 걸리더라도 미룰 게 아니었다.

일부러 온 힘을 다해 내 마음 들여다보는 일,
이젠 그게 제일 중요한 것이 되었다.

누구도 지킬 수 없는 내 마음은
내가 먼저 챙겨야 했다.

7

다른 방향으로, 다시 일어서서

집에서 앉았다, 일어났다, 누웠다 반복하며 보냈던 2018년의 여름도, 마음의 폭염도 지나갔다. 거실 벽면에 걸어 뒀던 달력은 사고가 난 6월부터 8월, 10월이라는 숫자를 거쳐 어느덧 추운 겨울을 향해 가고 있었다. 양팔에 끼고 있던 목발 중 하나를 덜어 냈다. 시간이 많이 걸릴 뿐, 그래도 회복이 정상적으로 되고 있다는 사실에 안도감을 가졌다.

그러나 냉철하게 현실적으로만 바라본다면, 누군가는 자기 자리에서 열심히 달리고 있을 터였다. 사고로 병원과 집만 왔다 갔다 하면서 몇 달 동안 일을 할 수 없는 상황에 놓였던 나는 몸이 회복되고 있는 중에도, 마음을 혼자 추스르면서도 불안함을 떨칠 수 없었다. 어느 정도 몸이 회복되어 가니 다시 먹고사는 문제를 고민하지 않을 수 없었다.

나를 불안하게 만든 요인은 크게 세 가지였다.

첫째, 사회생활을 하며 경력을 쌓아 갈 나이라는 것. 나이는 숫자에 불과하다지만 생각보다 숫자가 주는 무게감은 컸다. 둘째, 나름 고군분투해 쌓아 온 경력이 갑자기 찾아온 사고로 오랫동안 쉬게 되면서 흐지부지되지 않을까 하는 걱정. 투자한 시간과 경험은 쉽게 포기되지 않았다. 셋째, 다시 일을 한다고 해도 1년 뒤의 수술은 또 어떻게 할 것인가 하는 걱정이었다. 그새 재취업하기에도 상당히 애매했다. 예상에 없던 사고로, 몸을 회복하는 데 생각보다 오랜 시간이 걸렸다. 몸이 아플 땐 일상생활을 하기 어려워 고통받았다면, 회복이 되어 가면서는 미래에 대한 걱정으로 편히 보낸 날이 없었다.

다음 수술까지는 꽤 많은 시간이 남아 있었고, 그동안 아무것도 안 하며 시간을 보낼 수 없기에 일은 해야겠다고 생각했다. 그러다 보니 사고 전, 내 발로 뛰쳐나왔던 회사가 떠오르면서 이런 의문이 들었다.

'만약, 같은 방법으로 다시 회사를 들어가 생활한다면, 당연히 결과도 전과 비슷하지 않을까?'

그렇게 왼쪽 다리가 정상 보행할 수 있을 정도가 될 즈음, 고민 끝에 결정을 내리게 됐다. 기존의 조건을 내려 두고 해 보고 싶은 걸 해 보기로 했다.

이전과는 다른 결정을 내리게 됐던 건 바뀐 생각 때문이기도 했지만, 내게 주어진 상황도 한몫했다. 첫 수술만큼은 아니겠지만 두 번째 수술 때도 재활로 오랜 시간이 필요할 수 있어서 한 달 휴직 정도로는 대체할 수 없다고 판단했다. 그리고 무엇보다 다시 같은 생활을 반복하고 싶지 않았다. 출근하자마자 가슴이 답답했던, 일하면서도 늘 마음은 공허했던 시간으로 되돌리고 싶지 않았다.

그래서 이번엔, 이번만큼은
다른 선택을 하기로 했다.

사람이 방향을 바꿔 전과 다른 선택을 하게 될 때는 나름의 이유가 있는 법. 내 인생에서는 '사고'라는 사건이 그 이유가 되어 줬다. 안정만 고집했던 나였고, 많은 사람이 가는 길을 따르는 게 맞다고 생각했던 나였다. 그런데 죽을 수도 있었던 사고를 겪으면서, 당장 5분 뒤에 겪게 될 일도 알 수 없다는 걸 알았다. 그전에는 그런 일이 나한테 언제든 적용될 수 있다는 생각을 하지 못하고 살았다. 그럴 확률이 사실 얼마나 되겠나 싶었다. 그런 안일한 생각을 뒤집어 준 게 사고였다.

지금의 내 상황이 당연하게 주어진 게 아니라는 걸 몸소 경험했다. 한순간에 걷지 못하게 됐던 날을 보내고 나서야 알았다. 바뀐 생각은 겉으로 보이진 않지만 그에 따라 행동이 달라졌고, 내 하루까지 변화시켜 주었다.

주어진 시간을 흘러가는 대로 썼던 나를 다시 돌아볼 수 있었다. 남들이 그렇게 사니까 비슷하게 살면 되는 줄 알

앗고 그 방법밖에 몰랐다. 더 이상은 나한테 주어진 오늘 하루를 하기 싫은 일로 보내며, 눈치 보고, 괴로운 마음을 감당하기 싫어졌다.

사고 전처럼 회사에 입사해 사원증을 목에 걸 게 아니라, 회사 밖에서 완연한 내가 되기 위해 쥐고 있던 욕심들을 내려놓고 다른 선택을 하게 됐다. 결국 조건이 낮은 곳, 거리가 가까운 곳, 시간이 확보될 수 있는 곳에서 경력을 살리며 일할 수 있는 곳을 찾았다. 8개월간 쉬었고, 확고한 목표를 위한 재정적인 준비도 되어 있지 않았기에 '회사 안 가겠습니다!'라고 당장 프리를 선언할 수가 없었다. 대신 업무 강도가 높지 않은, 시간을 여유롭게 쓸 수 있는 곳을 선택해 일하게 됐다. 그리고 기존에 놓으려 하지 않았던 조건은 내려 두었다. 더 이상 내 것이 아니었다. 연봉, 직급 등은 그 회사 안에 있을 때만 유효한 거였다. 선택이 어려울 줄 알았는데, 막상 결정하고 나니 생각보다 아무렇지 않았다. 오히려 즐거운 시간이 많아졌다. 머릿속으로만 생각했던 일을, 계획만 열심히 했던 일들을 지금은 조금씩 해 나갈 수 있으니까.

기왕 방향을 틀어 본 거,

더 가 보려고 한다.

내가 가는 길에 시간을 더 써 보려고 한다.

만약 이 길이 아니라면

또 다른 방향으로 가면 되지, 뭐.

하나만 봤던 나는 여러 방향을 보게 됐고, 덕분에 이런 저런 일을 하게 됐다.

살면서 힘든 일은 꼭 한 번에 몰아온다. 나눠서 오면 어디 덧나나 싶을 정도다. 다시 일어날 수 없을 만큼 포기하고 싶어지는 순간이 나에게도 종종 있었다. 그땐 왜 이렇게 나한테만 힘든 일이 줄지어 일어날까 싶었다. 근데 그건, 그럴 때 힘들어 죽으라는 뜻이 아니라, 지금껏 살아왔던 것과는 달리 방향을 바꿔서 살아 보라는 말이라고 한다. 유튜브 '김미경 TV' 채널을 보면서 위로받으며 마음을 추스를 수 있었다. 안 좋은 일은 누구한테나 한 번에 몰아서 생기곤 하는데, 그럴 땐 좌절하라는 게 아니라 이 방향이 아니니 다른 방향으로 다시 일어서라는 것이다. 그 말을

안 좋은 일들이 몰아서 찾아올 때,
우리가 봐야 할 메시지

듣고 나도 다른 방향에서 다시 시작한다면 언젠가 나의 아팠던 날을 인생의 '터닝 포인트'라고 말할 수 있지 않을까 싶었다.

*** **8** ***

이력서에 넣을 수 없는 시간

사회생활을 하면서도 A 회사에서 B 회사로 갈 때 공백 기를 만들지 않으려고 했던 나였다. 다니면서 다른 회사를 알아봤고, 환승 이직을 해 왔다. 취직이 어렵다는 소리와 또 월급이 나오지 않을 수 있다는 불안감 때문이었다.

이직에 성공하면 '여기 입사 전에 하루라도 쉴걸…' 하는 후회가 들기도 했지만, 바로 오지 않았다면 기회를 놓칠 수도 있었다고 생각했다. 그러다 이직이 아닌 퇴사를 마음 먹었고, 쉬다가 다시 회사를 알아보던 중 사고가 났다.

정상 보행을 하기까지, 누가 봐도 불안해 보이지 않을 정도까지 걸렸던 시간은 대략 8개월이었다. 회사 다니는 것보다 고통이었던 8개월은 나만 알지, 이력서에는 글 한 줄 올릴 수 없는 시간이었다. 다른 일을 구하게 되어도 누군가는 물어볼 거라 짐작했고, 실제로도 그랬다.

"근데, 이 8개월 동안 뭘 했어요?"

사고가 나서 그렇게 됐다고 말할 수 있는 정확한 이유가 있었지만, 열심히 달려온 다른 사람들의 경쟁 상대는 되지 못할 거라고 생각해 걱정이 많았다. 그리고 한편으론 억울했다.

길게 아팠던 것도 서럽고, 잘 회복하려고 안간힘도 썼는데! 지나고 나니 그 시간에 대해 누군가에게 설명해야 하고, 그 사실로도 경쟁에서 밀릴 수 있다는 현실이란.

그래서 생각을 바꿔 봤다. 회사 다닐 때보다도 더 배웠던, 8개월의 시간을 난 이력서에 담고 싶지 않아졌다. 못하는 것과 안 하는 건 달랐다.

개인의 역사를 어떻게 몇 페이지 종이에 다 담을 수 있을까. 아마 담을 수 있는 것보다 담지 못하는 게 많은 종이

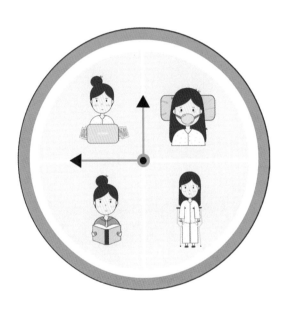

일 거다.

아무도 내 시간이 무의미하다고 말할 수 없다고 생각했다. 보내온 8개월의 시간은 나에겐 그 어떤 때보다 의미 있었고, 반짝였고, 변화를 가져다주었다. 그리고 나는 그 시간 덕분에 이렇게 살고 있다.

나중에서야 알게 됐다.
의식하지 못하고 보내온 나의 시간은
그 자리에서 제 몫을 하며 빛나고 있었다.

결국, 내가 원하는 조건에 맞는 곳을 찾아 들어갔다. 객관적으로 보기엔, 가지고 있던 많은 조건을 포기한 것처럼 보여서 이런저런 말도 많이 들었다. 대신 난 내가 원했던 다른 것들을 선택했다. 전보다 마음이 편해졌고, 시간을 확실히 분리해서 보내니 회사 일에도, 나의 일에도 집중할 수 있게 됐다. 그렇게 다니던 중, 두 번째 수술로 두 달 동안 집에서 쉬게 되었다.

첫 번째 수술 이후로 의학적인 회복과 현실적으로 환자

가 느끼는 부분이 다르다는 걸 경험해 봤기에 주치의 선생님 말씀은 반만 믿어야겠다고 생각했는데, 두 번째 수술은 정말 놀랍도록 회복이 빨라 스스로 발을 떼면서 신기해했다. 그러니 정신도 다잡을 수 있었고, 두 달이라는 소중한 시간을 어떻게 써야 할지 고민하는 것도 어렵지 않았다.

아무나 가질 수 없는 시간이라 나한테 주어진 하루하루를 잘 쓰고 싶었다. 퇴사를 앞당기고 나의 삶을 사는 데 보탬이 되었으면 했다.

고민 끝에 그 시간 동안 나는 이 원고를 썼다. 써 내려가면서도 세상에 나오게 될지는 알 수 없었다. 불안했고, 결과를 미리 생각하면 더 못 쓸 것만 같았다. 그래서 나중 일은 생각하지 않기로 했다. 못 걸었던 시간에 그래 왔던 것처럼 지금 내가 하고 싶고, 할 수 있는 일, 집중해야 할 일을 했다. 회사로 돌아가면 나한테 쓸 시간이 줄어드는 건 변함없는 사실이니까. 그전까지 오늘, 또 오늘을 나를 위해 집중하는 시간으로 쓰기로 했다.

제2장

오늘 나의 [월급]

매달 빠져나가기 바빴던 월급을
내게 투자하는 의미 있는 목적으로

1

월급 중독

퇴사와 이직 준비를 병행해서 그런지, 그 둘은 곧 나에게 같은 의미였다. 회사는 싫었지만 매달 나오는 월급은 포기할 수 없었다. 그래서 '퇴사＝이직'이라는 선택이 이어졌다. 갚아 나가고 있던 학자금 대출이 있었고, 집안 생활비를 일정 부분 보태 왔기 때문에 월급은 필요했다.

사회생활을 시작하고 나서는 월급이 내 생활 속에 깊이 자리를 잡았다. 회사를 다니니 당연히 나오는 거라 생각했고, 매달 월급 날짜가 다가오길 기다리고 있었다. 그래서 퇴사를 결심할 때도 혹시나 옮길 회사를 찾지 못해 월급이 끊기는 불상사가 생기는 건 아닌지 불안해했다. 그럼에도 무슨 배짱이었는지 다니던 회사는 그만둘 생각이었다.

다행히(?)도 퇴사와 이직은 연결이 줄곧 잘 되었다. 원했던 대로 쉬는 날 없이 다른 곳으로 이직할 수 있었다. 덕분에 매달 나오는 월급은 지켜 왔다. 그런데 그토록 어렵게 지킨 월급이 지속적으로 통장을 스쳐 지나가는 걸 인지하고부턴 허무해졌다.

월급봉투를 만져 볼 수 있는 시대도 아니라 들어오는 것도, 사라지는 것도, 숫자만 확인하면 끝이다. 매달 받아도 월급은 늘 부족한 것만 같았고 이직할 때 더 연봉을 올렸어야 했나 싶기도 했다.

사람 마음이라는 게 참 간사하다. 사회 초년생일 땐 더 적은 월급으로도 살았는데, 경력이 쌓이면서 월급이 올라도 늘 부족하게만 느껴졌다. 월급이 늘어나면 늘어난 만큼 더 쓰고 살았다.

그래서 한번은, 내가 애쓴 만큼 잘 쓰고 있는 건지 생각해 보게 됐다.

'고생한 만큼 돈을 더 받는 건, 바란다고 되는 게 아니니까, 들어온 월급이라도 잘 써야 하지 않을까?'

아침부터 밤까지 꼬박 모니터만 보고 일한 시간과 내 노동력을 맞바꾼 월급이 제 역할을 하는 건지 의심스러웠다. 아무래도 내 시간과 노동을 투자한 만큼 잘 쓰고 있다는 생각이 영 들지 않았다.

*** **2** ***

내일 없이 쓰던 나날

"택배요!"

이 한 마디에 내 몸은 순식간에 현관 앞이었다. 하도 시켜서 배송 기사님 얼굴도 익숙할 정도였다.

돈을 벌기 시작하면서 소소(?)하게 쇼핑을 했다. 같은 회사에 다니는 동료들과 비슷하게 돈을 쓰곤 했다. 흔히 말하는 스트레스 비용이었다. 매일 출근해야 한다는 핑계로, 옷, 가방, 신발 등등 하나를 사면 그에 맞는 다른 아이템이 필요했고, 또 계절별로 가지고 있어야 했다. 월급이 들어오면 한 달 동안 수고한 나에게 보상의 의미로 선물을 줬다. 그게 한 번이었으면 좋았겠지만 당시 하던 일이 쇼핑 관련된 것이라서, 매일 신상을 보며 꽤나 자주 결제를 하고 있었다.

누구든 집으로 택배가 오면 묻지도 않고 나한테 주었다. 오늘 오면 내일 또 오고, 일주일 뒤에 또 오고, 계속 왔다. 지금이 돼서야 그땐 참 많이 샀다고 생각했지, 그땐 더 사고 싶었는데 아껴서 그 정도라고 여겼다. 남들이 당연하게 가지고 있는 것이 나에겐 없어 보여서, 새로운 걸 보면 하나씩 구매하기 시작했다. 엄마는 동생한테 그런 내 모습을 보고 걱정을 털어놓으셨단다.

'네 언니는 어쩌려고 저렇게 돈을 쓴다니…'

나와 달리 세 살 어린 동생은 돈을 아끼는 스타일이었다. 그래서 매일 택배 상자 뜯는 나를 보고 둘이 그렇게 속을 태웠단다. 그러거나 말거나, 나는 날 기쁘게 해 주는 것들에 집중했다.

'온종일 회사에 있는 시간이 얼만데, 나도 사는 낙이라는 게 있어야지!'

몇만 원 들여 조금씩 사 모으는 게 힘든 직장 생활에 대한 보상이라고 생각했다. 욜로나 워라밸, 소확행 같은 단어가 생겨나면서 친구들이나 회사 동료들도 연차를 써서 여행을 다니거나 월급으로 갖고 싶은 걸 사고, 퇴근 후 취미 생활을 즐기며 돈을 아끼지 않았다. 나도 그중 한 명일 뿐이었다.

그런데 처음부터 돈을 쓰려고만 했던 건 아니었다. 갚을 학자금 대출이 있었고, 월급에서 그만큼을 제한 후 나머지 돈으로 생활해야 했다. 모아 보고 싶어서 저축해 두면 중간에 덜컥! 힘들게 모았던 돈 나갈 일이 생겼다. 그때마다 맥이 빠졌다. 힘들게 참느니 순간을 즐기며 행복하자 싶은 마음에 시작했던 소비였다.

이상하게 택배는 집에 많이 오는데, 같은 계절이 돌아오면 '나는 작년에 벗고 다녔나?' 싶을 정도로 입을 옷이 없었다. 아니, 정확하게 말하자면 그냥 '옷'은 많은데, '지금 내 눈에 예뻐 보이고, 입고 싶은 옷이 없다'가 정답이다.

"아무리 그래도 1년밖에 안 지났는데 왜 이렇게 옷이 없는 거 같지?"

막상 입으려고 보면 서로 어울리지 않는 게 많았다. 그

와중에 새로운 신상은 내 눈을 사로잡기 충분한 매력을 뿜어냈다. 예쁜 디자인, 다양한 색상, 시선 사로잡는 모델 핏까지! SNS만 켜도 다양한 상품이 피드에 떴다. 눈으로 보고 다시 지갑을 여는 건 시간문제였다. 옷을 예로 들었지만 가방, 신발, 액세서리까지 다 같은 맥락이었다. 세상에는 내가 살 수 있는 물건이 끊임없이 예쁘게 포장되어 생산되고 있었다.

그렇게 계속 사고 있었는데, 어느 순간 끝이 없겠다는 생각이 들었다. 새로운 물건을 살 때만 좋고, 쓰다 보면 질렸다. 시간이 지나면 버려졌고 내 손엔 다른 물건이 있었다. 돈을 쓰면 그 행복이 오래가면 좋겠는데, 쇼핑을 자주 할수록 물건이 주는 행복은 짧았다. 결제하고 택배를 받은 순간과 처음 쓸 때만 잠깐 좋았다.

월급이 매달 들어오긴 하지만, 이렇게 썼다간 나중엔 월급이 들어오지 않을 때 정말 생활비 쓸 돈도 없겠다는 생각이 불현듯 들었다. 퇴사와 이직도 잦았으니 그런 생각을 하기에도 충분한 상황이었다. 살다 보면 잠시 쉬어 갈 수도 있는 거고, 월급을 받지 못하는 상황에 놓일 수도 있는 건데, 한 달 사는 게 당장 문제가 생길 재정 상황에 놓여 있었다.

소비하는 매력에 푹 빠져 살았다. 소확행이라고 합리화하면서 행복을 느끼다 보니, 쇼핑을 못 할 때는 일상에 별다른 낙이 없었다. 나중에는 SNS 보듯이 습관적으로 쇼핑몰 앱을 보고 있었다.

이렇게 살다간
옷만 없어지는 게 아니라,
나중에는
내일이 없을 수도 있겠다 싶었다.

*** **3** ***

돈은 이렇게 쓰는 거지

사고 후, 쇼핑과는 어느 정도 거리를 유지하게 됐다. 그렇다고 아예 물건을 사지 않았다는 건 아니다. 물건에 소비했던 돈을 '내가 좋아하는 어떤 것'에 쓰기로 마음먹었다.

열심히 사는데 월급은 매달 사라지는 생활에 회의감을 느꼈고, 힘겨운 날들을 보내오면서 돈을 버는 방법이 회사밖에는 없는 건지, 내가 '좋아하는 일'은 뭔지, 그 일을 하면서 먹고살 수 있는지, 내가 원하는 미래는 어떤 모습인지 나를 들여다봤다. 그러다가 우연히 내가 꿈꿔 왔던 삶을 사는 사람들을 알게 됐고, 마침 그들의 강의 일정이 다가오기에 한번 들어 보기로 했다. 그게 사고 이후 '내가 좋아하는 무언가'에 쓴 첫 돈이었다.

강의를 처음 듣고 실천하면서 스스로 만족스러웠고, 달라지는 내 모습이 마음에 들었다. 수강 후 미션을 수행하면서 한 달 동안 부지런히 살아 보니 나도 뭐든 할 수 있다는 자신감을 얻게 됐다. 몸은 변화에 적응하느라 힘들긴 했지만 마음은 뿌듯했다. 그 뒤로 강의와 좋아하는 책에도 돈을 아끼지 않았다.

낸 돈 대비 얻는 게 너무 많아서, 옷이나 가방을 사면서 그 순간 잠깐 느꼈던 행복과는 많이 달랐다. 뒤늦게 찾아온 허탈함도 찾아볼 수 없었다. 최고의 가심비였다.

이거지!
돈은 이렇게 쓰는 거지!

4

아까워하지 말아야 할 것들

어릴 때 취미나 특기를 묻는 질문에 대답하는 게 수학 문제 하나 푸는 것보다 더 어려웠다. 커 가면서 유일한 취미가 하나 생겼다. 바로 독서다. 좋아하는 일과 미래를 고민하던 중 나랑 비슷한 생각이나 관심사를 가진 작가들의 책을 읽어 보기 시작했다. 그 사람들은 어떤 선택을 했는지, 그래서 지금은 어떻게 살고 있는지 궁금했다. 책을 읽고 난 뒤에는 작가들의 SNS 팔로우까지 해 가며 내가 원했던 삶을 엿보곤 했다.

독서는 어디까지나 취미라고만 생각했다. 그런데 강의

를 듣고 미래에 대해 고민하며 관련 책을 하나둘씩 읽어 가다 보니, 난 어릴 때부터 글을 쓰고 싶어 했다는 걸 기억해 냈다. 더 나아가서는 어렴풋이 책을 써 보고 싶다는 생각도 있었다. 현생에 적응하느라 아예 잊고 있었다. 그런데 알아도, 현실적으로 그게 가능한 일인가? 의문이었다. 막상 어떻게 해야 할지 방법을 몰랐다. 그래서 또 책을 찾아보았다. 유튜브도 보고, 책 읽고 강의 듣는 게 취미가 됐는데, 그 취미로 기억 속에 묻혔던 꿈도 꺼낼 수 있었고 이룰 수 있게 됐다. 책을 읽어 나가며 글을 쓸수록 나도 내 책이 있었으면 하고 바랐다. 그렇게 지금 여기까지 오게 되었다.

취미 생활을 하다가 관심이 더 커진다면, 돈이든, 시간이든, 행동이든 어느 하나 주저하지 않았으면 좋겠다. 내 책을 내는 게 과연 가능하긴 한 일인지 알 수 없었지만, 한 번은 알아보고 싶었다. 나도 책 한 권을 쓸 수 있는 건지, 어떻게 하면 되는지. 실행하는 데 시간과 돈을 아끼지 않았다. 그걸 아까워했다면 지금의 나는 없지 않을까? 내 월급은 그렇게 취미 생활에서부터 꿈을 이루는 데까지 망설임 없이 쓰였다.

5

나의 '오늘' 아메리카노를 참지 않기로

사고로 인해, 나는 언제 이 세상과 이별할지 알 수 없다는 걸 몸으로 배웠다. 아르바이트하러 나가서 집에 못 들어올 줄 상상이나 했을까? 그 뒤론 오랜 시간 동안 걸을 수 없었고, 어떤 일이든 장담할 수 없는 거라고 생각하게 됐다. 그래서 주어진 내 시간, 내 돈, 다 잘 쓰고 싶었다.

'늙어서 잘 살려고 오늘의 아메리카노를 참지 말라'
_ 2014 청춘페스티벌, '요조' 강연 내용 중에서

나도 살면서 '지금 이 순간의' 행복을 누리고 싶었다.

생각해 보면 그전까지는 회사에서 하기 싫은 일을 오랜 시간 붙잡고 있었고, 집에 와서는 더 쓸 힘도 없어서 배터리 방전되듯이 잠자리에 들었다. 그렇게 피곤하기만 한 나의 평일이 월급과 맞바꿔었다.

갑자기 찾아온 사고로 시간을 가져 보니 '아메리카노'에 대한 생각이 완전히 달라졌다. 직장 다닐 때 생각했던 '오늘의 아메리카노'는 힘들게 일하는 나에 대한 보상 정도였다. 이를테면, '내가 이렇게 스트레스 받고 힘들게 일해서 돈 버는데, 커피 한잔은 먹을 수 있는 거 아니야?!'라고 생각했다. '오늘의 아메리카노'는 하루를 살아도 소소한 행복을 누리면서 살자는 의미였는데 그걸 핑계로 커피값을 탕진했다.

그런데 진짜 죽을 뻔하니, 단순히 일에 대한 보상으론 충족되지 않았다. 그때부터 나의 아메리카노는 '매일매일 내가 하고 싶은 일'이 되었다. 하고 싶은 일은 사람에 따라 운동이 될 수도 있고, 강의를 듣는 걸 수도 있고, 무언가를 만들거나 어디를 가는 걸 수도 있을 거다.

하고 싶은 일을 꼭 전문적으로만, 직업적으로만 생각할

건 아니었다. 직업으로 삼으려고 생각하면 항상 조건이 붙었다. 지금 당장 하기 어렵다는 전제가 따라왔다. 현재 상황을 핑계로, 하고 싶은 일을 미루게 됐다. 지금보다 경제적으로 풍요로워지면, 공부를 더 해서 실력이 되면 해 보겠다거나 하는 조건 말이다.

그런데 어느 누가 '하고 싶은 일'을 비즈니스로만 생각하라고 했을까?

아무도 그렇게 말하지 않았는데 난 그 말을 들을 때마다 직업으로 연결시키곤 했다. 그래서 하고 싶은 일, 좋아하는 일을 찾는 게 어렵게만 느껴졌다.

소비로 순간의 기쁨을 느끼기보단, 오늘의 내 행복을 포기하지 않는 방법을 강구해 보기 시작했다.

'나의 아메리카노'는 미래가 아닌 '지금, 현재' 내가 할 수 있는, '하고 싶은 나의 일'이다. 내가 뭘 할 때 행복한지 찾을 수 있었다. 그리고 나선 매일 그곳에 투자하기로 했다.

죽음이 언제 내 앞에 와 있을지 모를 일인데,
나 하고 싶은 거 하면서 살아야지!

*** 6 ***

텅장과 통장의 상관관계

내 월급은 들어오자마자 나가기 바빴다. 언제 내 통장에 돈이 들어오는지 누군가 매일 지켜보고 있다는 느낌이 들 정도로 빠르게, 쏜살같이 빠져나갔다. 그나마 다행인 건, 본가에 머물러서 월세가 따로 나가지 않았다. 하지만 아무리 잘 쓰고 싶어도 숨만 쉬어도 나가는 돈이 있기 마련이다. 기본적으로 지출하는 통신비, 보험료, 교통비 등등이다. 쇼핑까지 했을 땐 그야말로 다음 월급 전까지 남아 있는 돈이 바닥이었다.

각성(!)을 한 뒤로 쇼핑 대신 책이나 강의, 내가 하고 싶은 일에 돈을 쓰는 비율을 늘렸다. 처음엔 비싸다고 생각하고 쓴 돈이지만, 지금은 가격보다 그 뒤에 숨은 가치를 보는 편이다. 돈을 모으라고 말하는 사람들도 책이나 강의에 돈 쓰는 건 아끼지 말라고 한다. 모순적으로 보이지만, 그게 무슨 말인지는 그때그때 하고 싶은 걸 하면서 자연스레 이해할 수 있었다. 책값을 지출하고, 강의료를 내고 나면 한 달 받은 월급이 바닥날 수도 있었다. 특히 강의료는 천차만별이기 때문에 그럴 가능성이 높았다. 한번은, 거한(?) 결제를 앞두고 있었다. 일을 다시 시작한 지 얼마 안 돼서 찾아온 선택이었기에 망설이고 있었다. 그런 나를 보고 동생이 말했다.

"언니, 지금 그 회사 왜 다녀?"

그리고 정신이 번쩍 들었다. 내가 조건을 재정비하고 다시 회사에 들어간 건, 하고 싶은 거 하면서 내 길을 가기 위함이었다. 그 소리를 듣고 망설임은 사라졌다. 결제를 하고, 통장은 텅 빈 것처럼, 말 그대로 '텅장'이 됐다.

그런데 그건 내가 전에 겪었던 텅장이 아니었다. 잠시 텅장인 것처럼 보였지만, 다시 돌아올 나의 통장이었다. 나간 금액보다 더 많은 가치가 채워졌다. 실제로 사라졌던

100만 원은 원금을 돌려줬을 뿐만 아니라 통장에 돈을 넣어 주고 있다.

하기로 결심했다면,
'텅장' 앞에서 망설이지 말기.
그 대신 결제하고 나선,
다시 돌아올 '통장'으로 만들기 위해
부단히 움직이기.

그게 내가 한 일이었다.

7

지출의 우선순위

직장인이라면 한 달에 한 번 들어오는 급여의 액수가 정해져 있다. 연봉 협상이 매달 이루어지는 게 아니니까, 1년 동안 받는 액수는 대략 결정되는 셈이다. 나 역시 그래서 쓰는 데 더 신경을 쏟아야 했다. 정신을 똑바로 차리지 않으면 돈이 들어오는 순간, 내가 생각지도 못한 곳에 쓰일 확률이 높았다. 잔고가 바닥일 땐, 안 쓰고도 살았는데 통장이 채워지면 이상하게도 필요한 물건이 그렇게나 많았다. 주로 소액이긴 했지만, 합쳐 보니 월급에서 차지하는 비율이 꽤 되었다. 그렇게 쓰고 나니 정작 중요한 일엔 돈 쓰는 걸 미루고 있었다.

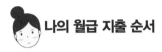 **나의 월급 지출 순서**

 고정비, 생활비 지출

교통비, 보험료, 통신비 등 숨만 쉬어도 나가는 비용과 식비, 데이트비, 기타 필요비가 여기에 속한다.

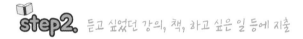 듣고 싶었던 강의, 책, 하고 싶은 일 등에 지출

강의를 예로 들자면, 전에 진행된 강의 스케줄을 보고 강의 비용을 먼저 확인해 본다.
그리고 추가적으로 원데이 강의 들을 것까지 감안한 비용을 따로 빼둔다.
강의 모집이 진행되면 언제든 바로 들을 수 있도록!

 쇼핑은 남은 돈으로!

원래 쇼핑이 1번이었는데, 3번으로 미뤘다. 사실 옷은 당장 사지 않아도 됐다.
어차피 보면 볼수록 계속 사고 싶은 게 옷이고, 옷 정리하고 나면 버릴 것도 옷이니까.

쓰는 순서를 정리해야 했다. 처음엔 생각나는 데에 먼저 쓰고, 남은 돈으로 뭘 해 봐야겠다고 생각했었는데, 중요한 걸 미루는 내 모습을 보고 이대론 안 되겠다 싶었다.

바뀌기 전 원래 나의 월급 지출 순서는 '쇼핑→고정비→기타 비용'으로, 남은 돈을 기간에 맞춰 쓰고 있었다. 여느 직장인과 마찬가지로 회사에서 들어오는 월급이 소득 전부여서 우선순위를 정해서 쓰기로 했다.

그렇게 쓴 지 3개월 정도가 지나가고 있을 때였다. 조금 더 잘 쓰기 시작하니 회사가 아닌 다른 데서도 월급이 들어오게 만들 수 있었다. 돈을 중요하게 생각하는 곳에 먼저 쓴 결과였다.

*** 8 ***

더 잘 쓰기 위한 통장 쪼개기

　돈은 모으는 것만큼이나 쓰는 것도 중요하다는 걸 느끼고선 더 잘 쓰기 위한 방법을 찾기로 했다. 그러려면 내가 어디에 얼마만큼 쓰고 모으고 있는지 알고 있어야 했다. 보통은 돈을 모으려고 통장 쪼개기를 시작한다는데, 나는 반대로 더 잘 써 보려고 통장 쪼개기를 시작했다.

　예상에 없던 일로 덜컥 나가는 지출에 월급을 조금씩 모아 간다는 건 나에게 큰 재미를 주지 못했다. 통장에 찍힌 액수를 보면 기분이 좋았지만, 그때뿐이었다. 돈은 쓰는 재미로 사는 거 아닌가? 모으더라도 쓸 목적이 있을 때 모았다. 맹목적인 저축이 아닌, 어디에 쓸지 먼저 정해 두었다.

더 잘 써 보려고 방향을 정하고 통장을 분리했다. 똑똑한 친구들은 첫 월급 받는 순간부터 통장 쪼개기를 한다는데, 난 20대 후반이 돼서도 통장을 하나로 쓰고 있었다. 검색하다 알았다. 최악의 돈 관리를 하고 있던 거라고. 어떻게 쪼개는지 알아봤다. 보통 5, 6개를 나눠서 사용하라고 나오는데, 처음엔 일반적으로 나와 있는 통장 쪼개기를 해보고 자기 스타일로 바꾸면 된다.

내 경우, 돈을 쓸 목적으로 일정 기간 동안 모으는 스타일이기 때문에 흔히 나누는 월급 통장, 생활비 통장, 고정비 통장, 비상금 통장, 저축 통장 중에서 저축 통장을 나눠서 돈 쓸 용도에 따라 또 쪼갰다. 다 채워지면 쓸 수 있는 그날부터 행복 시작이다.

만약 스스로 돈을 잘 쓰고 있는 건지 의심스럽다고 생각된다면 함께해 보시라. 정말 좋아하는 곳에 돈 잘 쓰는 기쁨을 한 번쯤은 당신도 꼭 느껴 봤으면 좋겠다!

*** **9** ***

돈 없이 돈 쓰는 방법

중요한 것에 돈을 쓰기로 했지만, 소소한 행복을 다 포기할 수는 없었다. 택배 기사님이랑 매일 눈도장 찍을 정도로 물건을 사들였던 나는, 옷이나 화장품에도 여전히 관심이 많다. 그런데 들어오는 월급은 정해져 있고, 그 안에서 우선순위대로 쓰려니 남는 돈이 없었다. 그래서 돈 없이 돈 쓰는 방법을 찾았다.

내 지갑에서 돈이 나가지 않고, 데이트하고, 화장품도 쓰고, 피부 관리도 받고, 운동도 할 수 있는 방법! '블로그 체험단'이라는 광고 상품을 이용하는 것이다. 체험을 하고 블로그에 포스팅을 해 주는 광고 상품인데, 블로그뿐만 아니라 다른 SNS를 하는 사람들도 많이 이용하고 있다. 적극적으로 활용하는 분들은 1년에 1,000만 원 이상을 체험단으로 활용하기도 한다.

실제로 사고 후 블로그를 운영하면서 직장을 구하기 전까지 시간적 여유가 있어 많이 이용했었다. 약 한 달 반 동안 얼마만큼의 서비스를 제공받았는지 돈으로 환산해 봤다. 대략 150만 원가량이었다. 150만 원을 벌려면 우리는 얼마나 일을 해야 될까? 잠시 포스팅을 하는 시간을 할애해 150만 원 이상의 서비스를 받는다면, 남는 장사가 아닐까 생각했다. 선택에 따라 매월 달라지긴 하지만, 금액으로 보면 평균 최소 월 30만 원 이상의 서비스를 이용하고 있는 거 같다. 돈 없이 돈을 쓰면서 소소한 재미를 느끼게 해 주는 것들이다.

서비스를 제공받고 그것으로 끝나는 게 아니라 체험단으로 몰랐던 맛집이나 분위기 좋은 카페, 나에게 맞는 화장품도 알 수 있어서 좋다. 또, 주변에 체험단에 관심 있는 사람들에게 어떻게 하는지 팁도 나눠 줄 수 있게 됐고, 하고 있는 마케팅 관련 일을 더 폭넓게 볼 수 있는 장점도 있었다.

결국, 통장 쪼개기든 저축이든 소비든 내 스타일대로 하는 게 정답이다. 하다 보면 나한테 맞게 수정된다. 그렇게 나만의 돈 쓰는 법을 만들어 간다.

네이버 블로그 '꿈꾸는 다블리의 성장라이프'를 운영하고 있기 때문에 네이버 기준으로, 일상에서 체험단을 활용하는 방법을 나눠 보려고 한다. 경험에서 나온 개인적인 기준이니 각자의 상황에 맞게 적용해 보길 추천한다.

우선, 혹시 생소해하는 분들을 위해 내가 아는 선에서 블로그 체험단의 의미를 이야기해 볼까 한다.

A라는 가게, 광고 회사, 블로거가 있다고 치자. A 가게의 사장님이 홍보를 위해 광고 회사에 체험단 상품을 계약한다. 광고 회사는 일반 소비자들과 동등한 시선을 가진 블로거들을 모집한다. A 가게 사장님이 제공하는 서비스를 공개(음식, 미용, 디저트 등)하는 조건이다. 그중 조건에 부합하는 블로거를 선정한다.

그 블로거는 A 가게에 방문해 서비스를 받고 돌아가서 블로그에 포스팅을 한다. 그 내용을 확인하는 것이 광고 회사의 일이다. A 가게 사장님은 블로거에게 무상으로 서비스를 제공하고, 블로거의 포스팅으로 제2, 제3의 고객에게 가게를 알릴 수 있는 것이다. 물론 블로거는 서비스 받은 사실을 블로그 포스팅에 솔직히 적어야 할 의무가 있다.

보통 이런 체험단을 이용하려면 파워 블로거가 되어야 하고, 그러기가 쉽지 않다는 생각을 가지고 있는 경우가 많은데, 실제로 해 보면 그렇지 않다. 파워 블로거가 당첨될 확률이 높긴 하지만 요즘에는 일정 조건만 충족하면 어렵지 않게 체험할 수 있다. 실제로 난 블로그를 다시 정비하고 2개월 만에 체험단을 시작할 수 있었다.

❶ 네이버 블로그 만들기(무료), 네이버에 ID를 가지고 있다면 무료로 누구나 개설할 수 있다.

❷ 체험단에 신청하기 전, 꾸준히 포스팅을 해 나가며 블로그를 키워야 한다. 하루에 포스팅 하나씩 올리기를 추천하고 싶지만, 일정상 버겁다면 시작은 일주일에 3회 정도로 하고 늘려 나가는 것도 방법이다. 경험상 1일 방문자 수 100~200명 이상이 될 때까지는 제목에 키워드를 잡고 포스팅을 해 나가는 것이 좋다. 내 블로그의 1일 방문자 수는 0명에서 100명이 되기까지 한 달 조금 넘었다.

❸ 꾸준한 포스팅으로 방문자를 100명 이상 만들었다면 체험단을 모집하는 블로그 혹은 사이트에 접속해 원하는 체험단을 신청한다. 맛집이면 맛집, 화장품이면 화장품 등등. 이때 한두 개만 신청해 두고 당첨이 안 된다는 소리는 금물! 다다익선이다. 당첨이 되려면 최대한 많이 신청하는 것이 좋다. 물론 이 과정에서도 블로그 포스팅은 꾸준히 해야 한다.

❹ 모집하는 체험단 사이트마다 당첨 확률을 높이는 방법을 알려 준다. 해당 게시글을 공유한다거나 위젯을 등록한다거나 등등 그 조건을 참고하는 것도 좋겠지만, 회사 업무로 블로그 체험단을 뽑아 본 나의 경험으론 아래의 조건들도 고려해 보면 좋지 않을까 싶다.

블로그에 이미 발행된 글을 기준으로 보자면, 키워드를 검색했을 때 잘 노출되는 블로그일수록 뽑힐 확률이 높다. 예를 들어 화장품 체험단을 모집하는데, 신청한 블로거의 블로그에서 화장품 관련된 포스팅이 하나도 없거나 최근 블로그에 직접 작성한 글이 없거나, 공들여 쓴 포스팅도 검색했을 때 노출이 잘 안 된다면 제외시켰다.

이렇게 체험단을 신청할 때 반대로 뽑는 사람의 입장을 생각해 본다면, 조금 쉬울 수도 있다. 뷰티 블로거에게 많은 화장품 회사들이 제품 체험을 의뢰하는 이유는 그 분야에 대한 포스팅이 전문적으로 나오고, 블로그의 신뢰도가 높으며, 노출이 잘되어 홍보도 유리할 거라는 판단 때문이다. 이렇게 전문 블로거까지는 아니더라도 일반 블로거라면 카페에 다녀온 후기나 화장품 사용 리뷰 등의 꾸준한 활동이 기준이 된다는 이야기다.

체험단에 대해 주변에 지인들에게 이야기하면 당첨만 된다면 뭐든 다 해 보고 싶다고 하는데, 하다 보면 내가 잘할 수 있는 분야가 생긴다. 내 경우에도 옷, 화장품, 맛집, 카페 다 좋아하지만 옷은 체형이 달라 후기를 잘 쓸 수 없을 거 같다는 생각이 들어 이용하지 않는다. 화장품도 매일 공들여 화려하게 메이크업하는 타입이 아니라 기초나 피부 관리 쪽만 가끔 진행한다. 맛집이나 카페는 데이트할 때 종종 이용하고 있다. 하다 보면 범위가 추려지는데, 처음부터 다 고려해서 시작하기보다는 하나씩 하면서 찾는 게 빠르고 쉽다.

10

매일매일 월급을 받을 수 있다면?

    책이나 강의를 접하다 보면 마음에 꽂히는 말이 있다. 그중 하나가 '회사는 당신을 책임져 주지 않는다'는 말이었다. 실제로 다니던 회사가 폐업했던 적이 있었고, 회사 사정으로 하루아침에 조직 개편이 되면서 업무가 공중분해된 일도 있었다. 그러고 나니 '평생직장'은 없고, '평생직업'도 없으며, 회사는 나를 지켜 줄 곳이 아니라는 걸 실감했다. 말로 듣는 것과 경험은 다르다고 했던가. 그 온도 차가 확연히 느껴졌다.

    회사는 회사의 이윤을 창출할 뿐이다. 그 방법으로 직원을 고용하는 것일 뿐이다. 요즘 시대에 '직장'이란 능력을 펼칠 곳이라기보다는 버티고 버티는 곳에 더 가까워 보인다. 불안해하며 먹고사니즘을 걱정해야 하는데, 그런 와중에 수명은 늘어나고 있다. 건강하게 오래 살면 좋지만, 일할 수 없는 시간 동안 먹고사는 걸 걱정해야 한다면 결코 마냥 즐거울 순 없지 않을까? 재수 없으면 120살까지 살게 된다는 말이 어쩌면 웃을 일만은 아니겠다 싶었다.

이런 상황에서 회사에서 나오는 월급에만 의지해선 안 될 거 같았다. 당장 내일이라도 다니고 있던 회사가 망하면, 다음 달 생활비 걱정을 해야 했다. 회사처럼 매달 월급 주는 곳을 또 만들어야겠다는 생각이 들었다.

두 가지가 떠올랐다. 첫째는 일을 더 해서 부가 수입을 만드는 것. 두 번째는 소비자가 아닌 생산자가 되는 것. 장기적으로 봤을 때 다니고 있는 회사 외에 또 다른 직장에 고용되는 건 당장 생활에 도움은 될지 몰라도 한계가 있는 일이었다. 생산자로서 내가 내게 월급을 주는 삶을 살길 원했다.

어떤 재테크 책에서 계란을 한 바구니에 담지 말라고 했던 게 떠올랐다. 돈을 한 군데서 관리하지 말라는 뜻이었지만, 반대로 나는 돈이 나올 바구니도 여러 개여야 한다고 생각했다. 회사 월급 말고, 스스로 생산자가 되어서 다른 바구니를 만드는 것이다. 회사 바구니가 엎어지더라도 다른 바구니에서 수입을 얻을 수 있도록 해야겠다고 생각했다. 우리는 내일 어떻게 될지 모르는 세상에 살고 있으니 말이다.

근데 그 바구니는 어떻게 만들어야 할까?

수입이 적더라도 월급이 나올 바구니를 여러 개 만들면 좋겠다는 생각엔 변함이 없었는데 그 방법을 몰랐다. 관심이 그쪽에 있으니 이것저것 찾아보다가 하고 싶은 일을 해 나가며 여러 개의 바구니를 만들어 가는 사람들을 알아냈다. 그들이 사는 삶은 내가 바라고 있던 것과 많이 닮아 있었다. 그런데 그 속에서도 저마다 전문 분야가 달랐다. 스스로 자신의 일로써 그들 각자만의 특별한 바구니를 만들었다.

그럼 나는 무엇으로
그 바구니를 만들 수 있을까?

창업　　　　　??　　　　　재테크

바구니를 만드는 데 특별한 조건은 없었다. 회사 면접 볼 때처럼 이력서를 제출할 것도 아니고, 스스로 나의 일을 만들면 되는 거였으니까. 그래서 처음엔 그게 더 어렵다고 느껴졌는지도 모르겠다. 아무것도 정해져 있는 게 없었다.

가장 처음 도전했던 건, 내가 재미있게 할 수 있는 일을 하는 거였다. 그렇다면 읽고 쓰는 일로도 바구니를 만들 수 있을까? 의문이었지만, 지금 내가 할 수 있는 일은 읽고 쓰는 일이라고 생각했고, 그걸 이미 해 본 사람들의 이야기를 듣고 시작했다. 블로그를 썼고, 책을 읽었고, 강의를 들으며 하루를 채워 나갔다. 그 결과, 블로그를 통해 난생처음 온라인 강의도 해 볼 수 있었고, 회사 밖의 '나'로서 다른 일을 맡게 되었으며, 지금처럼 책도 써 볼 수 있게 됐다. 하고 있지만 가끔은 스스로 신기하다고 느끼기도 한다.

처음 시작할 때보다 바구니가 많이 생겼다. 각 바구니에서 나오는 나의 새로운 월급이 회사 월급만큼 비중이 크진 않지만, 그 비중보다도 나에게 중요한 건 수익 구조가 나눠졌다는 사실이다. 그리고 회사가 내일 당장 망한다고 하더라도 당장 다음 달 수입이 아예 0원이 아니라는 것이다.

처음엔 내가 하는 일이 바구니로 만들어질 수 있을지 확신할 수 없었다. 내가 원하는 라이프 스타일을 가진 사람의 발자취를 쫓아간 것뿐이었다. 안 될 수도 있지만, 하다 보면 될 수도 있겠지 생각했다. 그렇게 새로운 나만의 바구니가 생겼다.

안 된다고 생각하면,
그럴수록 방법이 없는 세상이 된다.
된다고 생각하고,
그렇게 사는 사람들을 쫓으면
어떻게든 방법이 보이는 세상이 된다.

11

나의 경영을 믿어 주기

어릴 때도, 어른이 되어서도 제일 어려운 일은 계획을 세워 끝까지 실행하는 일이었다. 작심삼일이라는 단어와 가깝게 지냈던 나였다. 초등학교 방학 때 그렸던 동그라미 계획표도, 스터디 플래너도, 꾸준히 적어 나가기가 어려웠다. 회사를 다니면서도 다이어트를 결심한 지 얼마 되지 않아 다시 원래 패턴으로 돌아오곤 했다.

그런데 돌이켜보면, 정말로 '내가 원해서' 그것들을 하기로 결심했었는지 의문이다. 다른 친구들이 하니까, 공부도, 운동도 그냥 하려고 했는지도 모르겠다.

이랬던 나였기에 뭔가를 새로 시작할 때 '꾸준히 할 수 있을지'를 고민했다. 정말 그 결심이 내 마음에서 나온 것인지 신중히 확인했다. 그래야 지속할 수 있을 거 같았다. 정말 내가 원하는 일이면 선택했고, 그 결정을 바꾸지 못하게 돈을 먼저 냈다. 먼저 학원비를 지불하고 공부를 하는 것처럼, 나를 먼저 그 상황 속에 넣어 놨다. 강의를 듣고 나서 블로그에 1일 1포(하루에 하나씩 포스팅 올리기)를 해야 한다고 했을 때, 미리 낸 강의료와 더불어 함께하는 사람들이 있었기에 해낼 수 있었다. 그게 시작이었다. 그렇게 하고 나니 강의가 끝나고도 블로그를 꾸준히 써 나갈 수 있었다. 그렇게 한 가지, 두 가지 늘려 나갔고 부지런히 이어 갔다.

결심을 굳히고 출발해도 힘든 시기가 찾아오면 마음이 흔들리는 게 사실이다. 지금도 갈피를 못 잡을 때가 종종 있다. 여전히 해 나가고 있긴 하지만, '이게 맞는 건가?'싶기도 하고, 다가오는 유혹에 마음이 흔들릴 때도 있다. 그럴 때마다 처음에 왜 그 결심을 했는지 떠올린다. 그때 봤던 유튜브 영상을 보기도 하고, 병원 생활을 돌이켜보기도 한다. 또 내가 블로그에 기록했던 글을 다시 읽어 보기도 한다. 그러면서 불안감에서 벗어나 서서히 생각하고 행동해 나간다. 내가 썼던 글을 읽으면서 스스로 부끄럽지 않으려면, 양심에 찔리지 않으려면, 지금 뭘 해야 하는지 자각하게 된다.

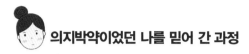

의지박약이었던 나를 믿어 간 과정

01. 어떤 선택을 할 때 그게 내 마음에서 시작된 결심인지 확인했다.

그냥 궁금해서
남들도 하니까 ▶
하면 좋으니까

→ 왜 하고 싶은지에 대한 강력한 이유 찾기!

02. 당장 내 의지만을 믿지 않았다. 지불할 돈이 있다면 미리 내고,
함께할 사람을 찾는다.

03. 만들어 놓은 상황에 힘입어 일단 시작부터 했다.

04. 정해 놓은 기간이 끝나도, 꾸준함을 습관으로 가져갔다.

→ 강력한 이유를 찾았다면 스스로 그 어떤 핑계도 대지 않기
(사실 이게 제일 어려웠다!)

*** **12** ***

지피지기 백전불태

월급을 어디에, 어떻게 써야 잘 쓰는 걸까?

정답은 없다. 누가 '월급은 이렇게 써야 한다'고 단언할 수 있을까. 어디까지나 스스로의 몫이다.

쇼핑에 쓰고 싶은 만큼 마음껏 써 보고 신용 카드도 긁어 보고 나서야 허탈함을 느꼈다. 그제야 월급을 잘 쓰고 싶다는 생각을 하게 됐다. 나한테 먼저 관심을 기울였다. 지금껏 어디에 돈을 쓰고 있었는지, 왜 그걸 사고 싶은지, 뭘 하면 기쁜지, 그 기쁨이 얼마만큼 지속되는지 등등 나에 대해 공부했다. 그리고 나를 기쁘게 하는 일, 보람되게 하는 일을 찾아 돈을 쓰기 시작했다.

돈을 어디에 써야 할지 잘 모르겠다면 일단 월급은 고스란히 통장에 두고 내 감정, 생각, 마음부터 공부하는 게 도움이 될 수 있다. 돈이랑 무슨 상관인가 싶을 수도 있지만, 생각보다 돈은 감정에 많이 휘둘려 쓰였다. 피곤하니까 커피 한잔, 수고한 나에게 선물 하나, 스트레스 받으니까 머리 스타일 바꾸기, 네일 아트 받기 등등.

돈을 쓰던 그때의 감정을 되돌아보면, 내가 어떤 상태였는지, 내가 진짜 뭘 원했는지도 알 수 있었다. 그야말로 지피지기 백전불태. 우선 나를 알면 돈과의 승부에서 절대 밀리지 않는다. 나는 야근과 맞바꾼 시간을 소소한 소비로라도 위로받고 싶던 거였다. 그렇게 나를 더 깊게 알고 나서야 어디에 돈을 써야 하는지도 잘 알게 됐다. 나에게 관심을 가졌던 시간이 결국 큰 보탬이 됐다.

'더 일찍 알았으면 좋았을걸'
생각하기도 했지만, 한편으론
'이제라도 알아서 다행이다' 싶었고,
지나온 지금은 아마도 그때가
'나의 가장 적절한 순간'이었을 거라고 믿고 있다.

제3장

오늘 나의 [글]

취미로 좋아하는 줄 알았던 글을
나답게 잘 써서 또 하나의 업으로

가장 나답게 = 가장 잘하는

'어떤 학과에 입학해서, 어떤 일을 해야 할까?'

뭘 좋아하고, 잘할 수 있는지 찾는 게 제일 어려웠다. 대학교를 갈 땐 관심 있는 학과를 선택해야 한다고 생각했지만, 스스로 뭘 좋아하는지 알 수 없었다. 진학을 앞두고 갑자기 생각한다고 나올 답도 아니었다. 성적에 맞춰 그나마 전망을 보고 취업이 수월할 거 같은 학과를 택했다. 전공을 선택한 데에도 나름의 이유가 있었지만, 공부하면서 관심이 더 갔다거나 빼어난 실력이 있지도 않았기에 졸업 후에 전문적으로 전공을 살려 나갈 마음이 들지 않았다.

돌이켜보면 난 뭐든 적당히만 하면 된다는 마인드였다.

그 학교에서, 학과에서 평균 수준의 성적을 유지하려고 했고, 공부뿐 아니라 거의 모든 면에 있어서 그랬다.

아무리 평범한 게 좋다고 하지만, 너무 그 범위 안에만 있으려고 했다. 그 덕분에 이도 저도 아닌 중간에 끼어 있어 뭘 선택하기가 어려웠다.

직장 생활을 하면서도 내가 꾸준히, 행복하게 할 수 있는 일이 뭔지 알 수가 없었다. 책을 보거나 TV를 봐도 다들 좋아하는 일을 하라고 열심히 말하는데, 그게 뭔지 찾을 길이 없었다.

그렇게 미래에 대한 고민을 이어 가던 중, 여행 붐이 일어나 주위에서도 새로운 경험을 해 보겠다는 사람들이 많아졌다. '정말 갔다 오면 달라지는 게 있을까?' 궁금했다. 주변에서 하나둘씩 떠나니 가 보고 싶은 마음이 덩달아 생겼다. 조금은 쉬고 싶은 마음을 핑계 삼아 퇴사를 하고 여행을 다녀왔지만 딱히 나에게 별 소득은 없었다. 여행 경험으로 어떤 의미를 찾으려는 친구들이 있다면, 편안하고 즐거운 여행이 아니라 고되고 모험적인 그런 여행을 해 보면 좋을 거 같다. 나는 상황이 편안하고 마음이 안정적이니 뭘 깨닫기보단 그 순간을 즐기며 쉴 수 있었다. 잠깐의 쉼은 좋았지만, 여행을 마치고 돌아와서는 다시 마주한 현실에 답답해했다. 떠날 땐 잘 몰랐지만 돌아오는 한국행 비행기에서는 내가 왜 떠나려고 했는지 이유를 명확하게 알 수 있었다. 미래를 고민해 봐도 답은 안 나오고, 마음에 들지 않는 현실이 싫어 도피하고 싶어 떠났던 거였다.

다시 일상 속에서 갈피를 잡지 못하던 중, 교통사고가 났고 철저히 나만 생각할 수 있는 시간을 가질 수 있었다. 그리고 알게 됐다. 나한테 관심을 두지 않아서 알아채지 못했던 일이 '글 쓰는 일'이라는 걸. 어릴 때는 학교에서 글짓기로 상을 타도 눈에 띌 만한 실력은 아니었기에 접어 두고 넘겼다. 나보다 글짓기를 잘하고 상 타는 친구들은 많았기에 스스로 한계를 정해 뒀다.

'글 쓰는 일'이 내게 특별하게 보이지 않았던 이유는 내가 하는 이 정도는 남들도 다 한다고 생각해 버렸기 때문이다.

지금 이 순간에도, 어떤 누군가는 자신을 과소평가하고 있을지도 모르겠다. 자랑할 만한 수준이 아니라고, 이 정도는 누구나 배우면 다 하는 일이라고. 생각보다 우린 남이 아닌 자신에게 그 기준을 더 높게 세운다.

세상엔 공부 잘하는 사람, 노래 잘하는 사람, 글 잘 쓰는 사람, 그림 잘 그리는 사람이 수없이 많다. 그런데 그 '잘'이라는 단어는 가장 자신답게 자기 일을 하는 사람에게 붙는 부사가 아닐까?

*** **2** ***

꿈과 현실 그 사이 어디쯤

고등학생 때, 한번은 이런 대화를 한 적이 있었다.

"엄마, 나 작가 해 볼까?"

엄마는 듣고 잠시 생각하시더니 배고픈 직업이 아니냐고 하셨다. 내가 걱정하고 있던 부분이기도 했다. 그때까지만 해도 작가의 등용문이 좁고 문학적으로 조예가 깊은 분들이 신춘문예에 당선돼서 작가로 등단하는 게 일반적이었다. 실제로 생활고에 시달리는 사례가 뉴스로 들려오기도 했다. 돌아오는 엄마의 대답을 듣고, '역시 그렇지?' 하고 생각을 바꿨다. 그저 글 쓰는 시간이 좋아서 단순히 떠올려 본 직업이었는데, 아빠가 돌아가시고 난 후 현실적인 시선이 익숙했던 내겐 배고픈 직업을 선택할 용기가 없었다. 그래서 '작가'라는 직업에 대한 내 마음이 딱 그 정도였나 보다 했다.

'돈 못 버는 직업이어도 도전해 봐야 하지 않을까?'라고 생각할 수도 있지만, 워낙 자라 온 환경에 여유가 없었다. 어릴 때부터 돈 걱정이 끊이지 않으며 커 왔기 때문에 빨리 취직해야겠다는 생각을 했고, 작가라는 직업은 그런 나의 상황과 안 어울렸다.

작가의 길이 아닌 다른 길을 선택했지만 대학교를 다니면서도, 사회생활을 하면서도 마음 답답할 땐 쓰거나, 읽거나 그랬다. 혼자 그런 시간을 보내고 나면 마음이 풀리곤 했다. 한창 사회에 나와 스트레스를 받고 퇴사 욕구가 생길 땐 서점으로 향했다. 책은 나와 비슷한 경험을 담은 이야기가 많아 헛헛했던 마음을 채울 수 있었다.

'마음의 양식이라는 말이 이래서 나온 건가?'

어느 순간부터 내 삶과 다른 듯 비슷한 일상적 이야기, 읽으면서 공감해 절로 고개가 끄덕여지는 이야기를 담은 책들이 많이 진열되어 있었다. 덕분에 책 넘기는 속도는 그만큼 빨라졌고 시간 가는 줄 모르고 재밌게 읽었다. 일반 직장인부터 프리랜서, 엄마 등 보통의 소소한 삶을 다룬 책이 늘어났다. 예전에는 업적을 남긴 위인들, 사회적으로 성공한 사람들의 책이 많아서 교훈은 있어도 현실적으로 공감 가는 책들은 드물었는데 점점 많아졌다.

읽고 쓰는 건 그저 내 취미라고 생각했다. 책을 펼칠 때마다 글 잘 쓰는 사람이 참 많다는 걸 깨달았다. 그만큼 내가 특별히 잘 쓸 자신도 없었다. 잦은 야근과 회식으로 시간적인 여유가 줄어들었고, 서점으로 달려갈 시간도 내기 힘들어졌을 때 회의감이 조금씩 밀려왔다. 그때까지만 해도 그 회의감이 어디에서 오는 건지 알 수 없었다. 겉으로 보기엔 아무 문제가 없었다. 회사 일도 적응했고, 연봉도 올렸고, 좋은 팀원을 만나 일도 하나씩 잘 해내고 있었다.

텅 빈 공허함, 허무함은
겉에서 남들 눈에 보이는 것으로는
채워지지 않았다.
그 눈에 보이지 않는 부분이 온통 문제였다.

뭐가 문젠지 알 수 없었던 날들

*** 3 ***

나를 쓰는 글들

어릴 적부터 세 살 터울의 동생과 자매 전쟁을 수시로 치르면서 컸다. 뭐가 그렇게 화났었는지 지금은 기억나지 않지만, 집이 떠나가라 소리 지르며 울고불고 싸웠다.

누군가와 갈등이 있었을 때, 혹은 선생님께 혼나서 마음이 내내 좋지 않았을 때 혼자 방에 들어가서 노트를 펴 놓고 자주 끄적거리던 아이, 그게 나였다. 초등학교에서 숙제로 내 주는 일기도 차일피일 미루고 안 썼던 내가, 답답하고 서운하고 억울한 일이 있을 때는 혼자 방 안에서 무언가 열심히 적어 내려갔다. 마음 내키는 대로 적고, 나만 볼 수 있는 글이라서 학교에 제출하는 일기랑은 다르게 느

다 적어 버리겠쒀…!!

껐던 거 같다.

쓰다 보니 한 페이지가 순식간에 가득 채워졌다. 속에 응어리진 마음들이 고스란히 글로 나왔다. 노트에 풀어내면 누구에게 하소연이라도 한 듯 후련해졌고, 서운했던 것도 정리가 됐다. 그렇게 방에 들어가 글을 쓰고 나오면 스트레스가 풀렸다.

어른이 되어서도 아주 작은 사소한 것부터 누구에게도 하지 못했던 이야기까지 글로 풀어냈다. 답답했던 마음을 그렇게 해소하곤 했다. 낙서처럼, 메모처럼 마음 끌리는 대로 적어 내려갔다.

그 속에서 '나'를 만날 수 있었다. 글을 써 내려가면서 복잡했던 마음도 어느 정도 정리가 됐다. 스트레스 받을 때, 소리를 지르거나 잔을 기울이며 순간을 잊기보단 무언가를 써 내려가면서 지금 내가 왜 이런 감정을 느끼고 있는지, 해결할 방법은 없는지 정리하며 조용히 시간을 보냈다. 그렇게 무심코 해 왔던 행동으로 나를 알아갈 수 있게 됐다.

지금은 한풀이보단 순간의 내 감정이나 생각을 기록하는 일이 더 많아졌다. 지금 기분이 어떤지 살피고, 화난 일에 대해 생각해 보고, 왜 이런지 헤아리면서 나를 알아가는 중이다. 초등학생 때나 성인이 된 지금이나 그렇게 혼자 끄적이는 시간을 보내고 있다.

가깝게 지내는 사람들에게도 말 못 하는 이야기가 있다. 마음속에 있는 얽힌 감정을 글로 풀어내면 부담감을 내려놓을 수 있었다. 나를 쓰는 글, 술 한잔 기울이는 거랑은 또 다른 후련함이다.

4

나만의 타이밍에 나만의 답을

일이 잘 풀릴 땐 그저 세상이 둥글게 보이며 이런 날이 계속될 거라고 생각했다.

"그럴 수 있다면 얼마나 좋을까?"

실제로는 행복한 일보단 고민해야 할 일, 해결해야 할 일이 더 많이 일어났고, 그중에서도 아픈 기억이 더 깊게, 굵직하게 마음속에 자리 잡곤 했다.

사고로 인해 내 일상이 송두리째 날아간 날을 마주했을 때, 난 그 모든 상황이 내 탓이라고 생각했다. 우울했고, 앞이 보이지 않았고, 어떻게 해야 할지도 알 수 없었다. 그런 상황에서 다시 나를 정상 궤도에 올려 줬던 건 글이었다.

힘든 상황에서 빠져나오고 나서야 내가 어떻게 나올 수 있었는지 돌아볼 수 있었다. 성인이 돼서도 찾기 힘들었던 나의 그 무언가는 '글쓰기'였다.

이렇게 얘기하면 필력이 엄청나게 뛰어나다거나 관련 지식이 많다고 오해할 수도 있는데, 그렇지 않았기 때문에 찾는 데 오래 걸렸는지도 모르겠다. 가장 불안정한 상황 속에서 발견할 수 있었지만, 남한테 주는 관심을 나한테 조금만 더 줬어도 쉽게 찾을 수 있었던 일이었다. 내가 무슨 일을, 어떤 행동을 했을 때 기쁜지, 매일 하고 있지는 않아도 종종 하는 일이 있는지 살펴보면 알 수 있는 일이었다.

2년 전의 나는, 일은 하고 있지만 그 길을 가면서도 계속 미래까지 먹고살 수 있을지 알 수 없어서 불안했다. 지금은 그저 오늘에 충실하며 나의 길을 걷는 중이다. 그래도 때때로 불안함이 찾아온다. 다만, 외부의 어떤 상황에 쉽게 휘둘리지 않게 됐고, 공허했던 마음이 어느 정도는 해소됐다. 내 생각이, 가치관이 점점 더 단단해졌다. 내가 하

난 공부보다 그림이 좋아!

16세 중학생 김ㅇㅇ

퇴근하고 집에 가면 투자 공부하느라
시간 가는 줄 모른다니까~

40세 회사원 박ㅇㅇ

인생은 60부터여~
오늘 스마트폰 수업 가는 날이구먼

65세 주부 신ㅇㅇ

고 있는 어떤 일들은 나만이 할 수 있는 나의 일이 되어 가기도 한다.

회사를 다녀도 보이지 않는 미래에, 누가 답을 찾아 줬으면 좋겠다고 수십 번도 더 생각했다. 그런데 그건 그 누구도 찾아 줄 수 없었다. 밥이 됐든, 죽이 됐든 어차피 내가 찾아야 할 답이었다. 찾는 데 시간이 오래 걸렸지만, 지금은 이렇게 생각한다.

사람은 다
자기만의 타이밍이 있다고.

5

등잔 밑이 어둡다더니

초등학생일 적 한번은 글짓기 대회에 나갔다. 원고지 작성법도 모르면서 친구들 따라서 써 봤던 게 글쓰기의 시작이었다. 첫 장만 배워서 따라 쓰고는 그다음부턴 생각나는 대로 글을 적어 내려갔고, 쓰다 보니 분량을 다 채워 연필을 내려 뒀다. 고민하지 않고, 의식의 흐름대로 썼던 첫 글짓기였다. 그리고 공부로도 못 받았던 내가, 글짓기로 상을 처음 받았다. 그 후론 교내 글짓기 대회는 있다 하면 나갔고 상을 타면 엄마 보여 줄 생각에 기쁘게 집에 들고 왔다.

재능이라고 생각했을 법도 한데 나보다 더 글 잘 쓰는 친구들이 많다고 생각해 버리곤 그 뒤로 이어 나가지 않았다.

어릴 땐 책 읽는 엄마의 모습을 신기하게 쳐다보던 나였다. 부모의 모습을 보고 아이들이 배운다고 하는데 우리 집은 예외라고 생각했다. 책 근처로 접근할 생각조차 하지 않았던 나는 신기하게도 글은 썼지만 책이랑은 친하지 않은 아이였다. 그랬던 초등학생이 모든 게 새것으로 가득 찬 신설 중학교에 입학하고선 책을 읽게 된 계기가 생겼다. 학교 안 도서관 속 책들은 향기로운 새 책 냄새를 뿜었다. 같이 다니는 친구들은 호기심을 가지기 시작했다. 친구 따라 강남 간다고, 도서관 구경을 갔던 날이 독서의 시작이었다. 친구가 책을 빌려가는 모습을 보고, 나도 따라서 책을 빌려 봤다.

'그런데 이게 웬일…?'

책을 읽고 있으니깐 아무도 나한테 공부하라는 잔소리를 하지 않았다. 그때만 해도 공부하라는 소리가 제일 지루하고 싫었기에 방해받지 않는 그 시간이 좋아서 한 권, 두 권 읽다 보니 지금까지 읽게 된 거 같다. 한 번의 우연이 재미를 가져다줬고, 그렇게 습관이 됐다.

읽고 쓰면서 어른이 되어 갔다. 대학교 졸업 후엔 회사에 다니면서 학자금 대출을 갚아 나가고 있었다. 학자금을 모두 갚게 됐던 날, 모니터에 떠 있는 '완제'라는 단어를 보니 기쁘기도 하고 동시에 서글프기도 했다. '그걸 내가 다 고스란히 통장에 모았다면 얼마나 든든했을까' 하는 생각이 스쳤다. '이제 뭘 하면 될까?', '앞으로도 돈은 계속 필요하고, 벌어도 벌어도 어려운 우리 집 형편인데, 나는 언제 내 삶을 온전히 살 수 있을까?', '이 회사를 계속 다닌다면 내 미래는 어떻게 될까?' 별별 생각이 머리를 복잡하게 만들었다. 학자금 대출을 갚기 위해 달렸는데, 끝내고 나서 내가 서 있는 그 자리를 들여다보니 '여긴 어디, 나는 누구?' 소리가 절로 나왔다. 오만 가지 생각들이 머릿속에 떠돌고 어딘가에 있을 때도 난, 서점으로 향했다. 비슷한 상황을 겪은 누군가의 경험담을 읽으며 나름 짧은 시간 동안 마음을 위로받곤 했다.

등잔 밑이 어둡다더니 이렇게 보면 참 눈치가 없어도 너무 없었다. 어릴 때부터 지금까지 계속 옆에 있었는데 다른 데서 답을 찾겠다고 돌아다녔다. 나에게 맞는 길이 있을 거라고.

먼 길 돌고 돌아서 다시 왔던 나의 길은 내 마음에 품고 있던 '글'에 있었다. 기왕이면 잘 쓰면 좋겠지만, 뭐 잘 쓰고 못 쓰는 것과 관계없이 가장 나답게 한번 써 보려고 한다.

6

작은 인연의 큰 의미

블로그에 대해, 마케팅에 대해 아는 게 하나도 없던 나였다. 알바 자리를 보던 중, 글 쓰는 일이라기에 찾아갔다. 면접 후 간단한 테스트를 거쳐 다음 날부터 일을 시작할 수 있었다. 하루 종일 글만 쓰고 눈이 아팠는데도 해내는 게 스스로도 신기했다. 아무것도 모르고 들어갔던 곳이지만, 지금 되돌아보면 그곳은 네이버 블로그가 활성화될 무렵, 매일 글을 올려서 블로그를 운영하는 곳이었다.

아무튼 그렇게 시작된 블로그와의 만남이 광고 회사에 취직할 수 있는 기회로 이어졌고, 여러 에이전시의 블로그를 운영하며 의미 있는 경력을 쌓을 수 있게 됐다.

블로그와의 만남은 일에서 시작됐다. 경력을 쌓고 난 후에도, 이직을 해도 블로그는 업무로 줄곧 따라오곤 했다. 잠시 끊어지는 듯싶다가도 이어졌다. 하다 보니 여러 에이전시의 블로그를 운영하는 것보다 자사 서비스를 위해 블로그를 운영하는 일이 더 전문적이고, 안정적이라는 생각이 들어 그렇게 방향을 잡고 이직했다. 나름대로 내가 원하는 일을 우선한 거라고 생각했는데, 일이 회사 생활을 지속하는 전부는 아니었다.

경험이 부족했던 나는 그저 복지 좋고 규모 있는 회사에 들어가 능력 키워 승진하는 게 잘 사는 거라고만 생각했다. 그렇게 생각하고 들어간 회사에선 확신과 안정이 아니라 회의감을 실컷 얻을 수 있었다. 야근으로 일주일은 빠르게 지나갔다. 같은 공간에서 일하는 선배들의 모습을 보며 미래의 내 모습이 어찌 될지 그려졌다. 스스로 브랜드가 되어야겠다는 생각은 어쩌면 그때 더 확고해졌는지도 모르겠다.

그런데 생각은 있어도 어떻게 해야 하는지 알 수 없었다. 비슷한 하루를 계속 반복하면서도 질문에 대한 답은

찾을 수 없었다.

왜 블로그로 시작할 생각을 못 했을까? 시야가 좁았다. 나에겐 '블로그 = 일'이었다. 나중에서야, 사고가 난 후에야 글을 쓰게 됐을 때, 그 장소는 바로 내 블로그였다.

인연은 사람에만 있는 게 아니었다.
마음을 열고 잘 들여다본다면
일도, 취미도, 그 어떤 것들도
나와 인연이 맺어질 수 있는 거였다.

*** 7 ***

언제나 그 자리에 있는 것, 블로그

순간순간 떠오르는 생각이나 기분을 담을 수 있는 공간
이 있었으면 했다. 나를 표현하고, 치유할 수 있는 공간.
우리는 각자 개인만의 공간이 필요하다. 그런 공간은 내
집, 내 방처럼 편한 물리적인 곳일 수도 있지만, 마음이나
생각을 마음껏 표현하는 온라인일 수도 있다. 나는 글을
모을 개인의 장소로 블로그를 선택했다. 지금은 너무 익숙
해진 공간이지만, 처음엔 어떻게 써 나가야 할지 막막함이
앞섰던 공간이다.

업무로만 생각해서 개인 블로그를 운영할 생각은 하지

않았다. 퇴근하면 블로그는 쳐다보기도 싫었다. 블로그의 장점을 알고는 있지만, 나만의 생각과 순간의 기록을 좋아했기 때문에 더 망설였다. 여태껏 내가 봐 왔던 블로그는 맛집, 여행, 뷰티처럼 인기 있는 카테고리가 주였기에 전부 다 그래야 하는 줄 알았다. 그런데 난 매번 끊임없이 밖에서 돈과 시간을 소비하고 써야 하는 볼거리가 아닌 나만의 소소한 스토리를 담고 싶었다. 경험으로 얻은 깨달음이나 소중한 사람들과 함께 보낸 시간 속에서 내가 느낀 감정을 그대로 담는 공간이 갖고 싶었다. 그런데 원하기만 했지, 정작 시작하지 않았고 미뤄 두고만 있었다.

그런데 어느 날 아무것도 할 수 없는 내 모습을 마주하니, 마음 가는 일은 읽고 쓰는 일밖에 없었다. 그렇게 다시 블로그를 떠올리고 시작할 수 있게 됐다. 개인 블로그를 운영하니 평소 궁금했던 부분도 적극적으로 찾아갔고, 배움의 재미도 느낄 수 있었다.

'블로그가 이렇게 재밌었나?'

그러다가 우연히 다른 블로그에서 글 하나를 보게 됐다. 그 주인의 어린 시절 이야기였다. 아주 개인적인 글이었지만 비슷한 나이 대라 공감이 컸다. 블로그 주인이 더 궁금해졌다. 하나를 읽고, 다른 글까지 다 읽어 봤다. 사람들의 시선을 끄는 여행이나 맛집 후기만 인기 있는 거라는 편견이 깨졌다. 개인적인 글을 올리면 사람들이 지루해할 거라고 생각했는데, 그 글에 달린 댓글 수가 상당했다. 단순히 맛집 후기에 '맛있겠어요!'라는 영혼 없는 댓글이 아니라 자신의 이야기들을 꺼내 놓으며, 그때 그 시절의 향수가 느껴진다는 댓글이 많았다. 그걸 보곤 '소통'의 의미를 다시 생각해 볼 수 있었다.

그 글을 통해서 내 이야기를 쓸 용기를 얻었다. 사람들이 내 블로그에서 보고 싶은, 궁금했던 글은 어디든 찾으면 나오는 맛집 정보가 아니라 어디서도 들을 수 없는, 공감할 수 있는 나만의 이야기가 아닐까 싶었다. 그렇게 하나둘씩 써 내려간 것이 지금의 '꿈꾸는 다블리의 성장라이프'가 됐다.

나에게 블로그는 나만의 공간이며, 성장의 과정이 되었다. 가끔 부담될 때도 있긴 하지만 그럼에도 손잡고 함께 가는 존재가 되었다. 삶을 다른 방향으로 바라볼 수 있게

도와준 고마운 존재가 되었다. 오늘도 그곳에 나의 하루와
생각을 고스란히 기록해 본다.

　어디든 나만의 기록을 남겨 둔다면,
　가끔 내가 원치 않는 곳에
　마음이 머무르게 되어도
　다시 돌아올 수 있지 않을까.
　그 기록이 때론 내 인생의
　버팀목이 되어 주지 않을까.
　살다가 어려운 일이 한번에 찾아와도
　끝내 잘 넘길 수 있는 지혜를
　가져다주지 않을까.

*** **8** ***

선택과 포기는 같은 말

새로운 뭔가에 도전해 보려면 회사를 관두고 시작해야한다고 생각했다. 머릿속으로만 계산기를 두들겨 보면 현실적으로 어렵다는 결론이 나왔다. 출퇴근 시간이 길고,야근이 일상이었기 때문에 취미 생활은 생각조차 하지 못했다. 꿈만 바라보고 달릴 수 있다면 좋겠지만, 먹고사니즘을 해결해야 하고 그것은 또 다른 나의 책임이기도 했다.

회사를 못 그만두는 현실과 이상 사이에서 그냥 살고 있으니 재미가 없었다. 긴긴 시간을 보내며 알게 된 사실이지만, 난 하고 싶은 것과 놓지 못하는 것을 모두 쥐고 있어힘든 거였다. 선택해야 했다. 그래 보고 나서야 알았다. 하나를 선택한다는 것은 또 다른 하나를 내려놔야 한다는 일이라는 걸.

다시 걸을 수 있게 된 후엔 회사를 다니며 글을 써 나갔다. 전과는 다른 조건을 보고 선택했기에 가능한 일이었다. 현실적인 문제를 외면하고 꿈만 바라볼 수 없는 상황이라 내 나름대로 적당한 타협점을 찾아간 거였다. 다른 사람들이 내게 원했던 조건은 내려 두고, 내가 원하는 조건에 초점을 맞춰 보기로 했다.

혹시 어느 상황에서 A와 B를 두고 선택하려고 한다면, 기왕이면 C나 D가 있는지도 살펴보면 좋겠다. 두 번째 수술로 잠시 쉬게 됐을 때 알았다. 회사 다닐 때 더 열심히 했던 나였다는 걸. 회사에서 많은 시간을 보내고 있었기 때문에, 그 시간을 다 투자하면 더 빨리 내가 원하는 길에 오르지 않을까 생각했다. 그런데 그렇게 딱 물리적으로만 생각할 건 아니었다. 방학 때나 휴가 때 규칙적인 생활을 계획했지만 점점 더 나태해지는 본인을 누구나 한 번쯤 경험해 봤으리라. 두 번째 수술 후 딱 그런 상황에 놓여 있었

다. 다시 기록하고, 써 왔던 기록을 들춰 보고, 내가 가고 자 하는 길을 떠올렸다.

뇌는 자꾸 떠올리고 새기면 그걸 가장 중요하게 생각한 다고 한다. 아무리 충격적인 일을 겪어도 잠잠히 시간을 보내면 무뎌진다고.

그 말뜻은, 자꾸 떠올리고 스스로 상기시키지 않으면 결 국 사고 나기 이전의 나로 돌아갈 가능성이 크다는 거였다.

이젠 회사 속의 아무개로만 머무르지 않기로 했다.
하고 싶은 일 하며 하루를 새로 살아 보기로 했다.
이걸 매일 아침마다 다짐하곤 한다.
뇌의 관성으로 까먹기엔,
지나온 내 시간이 너무 다이나믹했으니까.

*** 9 ***

왠지 책을 쓰게 될 거 같아

사고를 당하고, 읽고 쓰는 시간을 보내면서 다르게 살아 보자고 결심했다. 그리고 스쳐 지나갔던 꿈을 조금씩 기억에서 꺼내 볼 수 있었다.

'난 글을 쓰고 싶어 했었지, 참.'

다시 어렵게 떠올린 꿈을 이번엔 한번 해 보기로 했다. 시간가는 줄 모르고 글을 쓰고, 힘들어도 다시 쓰게 되는 내 모습이 가끔은 나도 신기할 뿐이다. '이상'이라고만 생각했는데 현실이 됐다. 그런데 사실, 이렇게 되기까지 내가 뭘 그렇게 대단하게 한 일은 없었다.

책을 쓰는 일의 시작은 책을 읽으면서였다. 읽다 보니 써 보고 싶어졌다. 책은 어떻게 쓰는지 궁금했다. 마침 관련된 책이 서평단으로 당첨됐다.

서평단에 뽑히면 출판사에서 무상으로 책을 보내 주는데, 책을 읽고 서평을 본인 SNS에 작성하면 된다. 그렇게 우리 집으로 배달된 책이 시작의 계기를 만들어 줬다. 그 책이 나에게로 와서 내 생각이 달라졌고, 행동이 달라졌고, 하루가 달라졌다. 우리 집에 도착했을 때만 해도 나에게 그런 결심을 심어 줄지 알 수 없었지만, 읽으면서 작가의 삶이라는 게 어떤 건지 짐작할 수 있었다. 그리고 왜 많은 사람이 책을 써 내려가는지도 알 수 있었다. 책 쓰는 일은 꽤나 매력적인 일이었다. 배고픈 직업이라고 내려만 놓고 있었던, 장벽이 높다고 포기했던 책을 나도 써 봐야겠다고 생각했다.

책을 거의 다 읽어 갈 때쯤, 아침에 출근 준비를 하며 "엄마! 이 책 다 읽으면 왠지 나도 책을 쓸 거 같아" 하는 말을 건넸다. 그런데 그 말을 들은 가족은 아무도 내가 정말 책을 쓸 거라고 생각하지 않았다. 나만 알았다. 매일 다짐하고 작심삼일로 끝났던 일들과는 마음가짐이 다르다는 걸!

아직도 기억한다, 그 설렘을.

그게 시작이 되리라곤 확신할 수 없었지만.

*** **10** ***

일단 해 보기로 한다

마음은 먹었지만 본격적으로 책을 쓰기 시작한 건, 배송된 책을 읽고 나서도 두 달이 지나서였다. 책을 쓴다는 일에 대해 아무것도 몰랐던 나는 무작정 쓰고 싶다는 생각하나로 여기저기 발품을 팔았다. 그래도 그 덕분에 생각만으로 머물지 않고, 시작할 수 있게 되었다. 다행이었다. 역시, 여느 일을 결심했을 때와는 다른 느낌이 들더라니!

회사 다니면서 책을 쓸 수 있을지 의문이었지만, 앞뒤따지지 말고 일단 해 보기로 했다. 그러던 중 두 번째 수술 날짜가 돌아와 일은 쉬게 됐고, 두 달간 병원과 집을 오가며 나는 원고를 써 내려갔다. 목발을 사용하고 뒤뚱뒤뚱

걸으면서도 침대에 앉으면 수술했다는 사실도 잊은 채 쓰곤 했다. 작은 책상 앞에 노트북을 두고 눈앞에 보이는 하얀 바닥을 검은 글자들로 채워 나갔다. 그러면서도 책이 될 수 있을지 알 수 없었다. 처음 써 보는데 그게 책이 되리라고 어떻게 확신을 할 수 있을까. 그것까지는 내 역할이 아니라고 생각했다. 일단 쓰는 게 내 역할이었다. 한 페이지, 두 페이지… '세상에 내보이겠어!' 이런 마음보다는 '해 볼 수 있는 만큼은 해 보자!' 하는 마음이었다.

평범하게 산 인생이라고 생각했는데, 써 내려가다 보니 이렇게 다채로웠나 싶었다. 평소에 잊고 살았던 일이 수면 위로 떠올랐다. 저 멀리 기억 속 어딘가에 묻혀 있던 기쁨, 아픔, 슬픔을 다 꺼내 볼 수 있었다. 어떤 감정을 숨기고 잊으려 했는지, 왜 꺼내고 싶지 않았는지 알게 됐고, 어릴 때부터 지금까지 모든 순간의 나와 마주하며 오늘의 나를 더 잘 이해할 수 있게 됐다.

그것만으로도 의미가 있는 시간이었다. 내 글이 세상에 나올 수 있도록 만들 생각이었지만, 만약 그럴 수 없다고 해도 그 과정만으로도 만족할 수 있을 만큼 깨달은 것들이 많았다.

책 써 본 사람들이, 해 보면 알 테니 안 알려 준다던 때가 있었다. 그런데 내가 정말 해 보니 느낄 수 있었다. 말로 표현하기 힘든 게 맞았다. 사람마다 경험이 달라, 써 나가면서 느끼는 감정도 다 같지 않으니까.

돌이켜보면 어린 나는 이렇게 매력적인 일을 꿈꾸고 있었던 거였다. 돈 못 번다고, 배고픈 직업이라고만 생각하고 포기하기엔 생각보다 나한테 잘 맞는 거 같았다.

그래서 생각했다.

좀 못 벌어도 좋아하는 일을 하고,
돈은 또 다른 걸로 벌면 되지 않을까?

11

To Do List가 아니라, Today List를

고3, 학교 수업 말고도 해야 할 일이 산더미였다. 따로 적어 놓지 않으면 수행 평가 과제나 다른 숙제를 놓칠 가능성이 높았다. 그래서 스터디 플래너를 사용했다. 내 인생에 플래너라고 한다면 그때 썼던 스터디 플래너가 전부였다.

해야 할 일로 가득했던 스터디 플래너는 완벽하게 미션 클리어 하는 날이 드물었다. 시간 대비 해야 할 일이 너무 많았다. 공부를 좋아하는 학생도 아니었고, 다른 친구도 그 정도는 하니깐 분위기를 따라갔던 거 같다. 나에게 플래너는 할 일에 대한 부담감만 쌓아 두었던 존재였다.

플래너를 쓴 지도 오래됐고, 그동안 여러 경험으로 생각이 달라지긴 했지만 계획한 대로 시간을 보낼 수 있을지 의문이었다. 꼭 내 계획을 망치려고 기다리기라도 한 듯, 다이어리에 새해 목표라고 적어 둔 것들은 적기가 무섭게 갑작스레 찾아온 일들로 흐지부지됐다. 힘이 쭉 빠지다 보니 이런 건 뭐 하러 적나 싶었다. 어차피 그대로 안 될 확률이 높았기 때문이다. 예상치 못했던 일들로 계획했던 모든 일이 틀어지고 나면 적어 둔 목표가 의미 없이 느껴졌고 허무했다. 차라리 목표가 없는 것보다 더 기운 빠지는 일인 거 같았다. 처음 적어 나갈 땐 하나씩 실천해 나가는 재미가 있을 거라고, 기대하고 썼지만 결코 그렇지 않았다.

"가장 완벽한 계획이 뭔지 알아? 무계획이야."

_〈영화 '기생충' 대사 중에서〉

이 명대사를 듣는 순간 단번에 공감할 수 있었다. 계획을 세웠는데 중간에 일이 틀어져 아무것도 할 수 없게 되면 실망이 큰 법이다. 그러니 아예 계획을 안 하고 살면 그런 감정 기복도 없겠지. 계획을 하면 내 마음과 상관없이 기대감이 생겼다. 기대는 했는데 못 이루게 되면 감정의 격차가 너무 커서 그 속에서 죄책감을 느끼곤 했다.

그게 내가 플래너와 담쌓고 산 이유다. 그런데 아주 오랜만에 플래너를 다시 만났다.

쓸까 말까 고민하고 있었던 플래너를 강의를 듣고 무료로 얻을 수 있었다. 끝까지 잘 쓸 자신이 없어서 장바구니에 넣어 놓고 살까 말까 고민하던 중이었다.

하지만 고민이 길어 봤자 머리만 아프다. 중간에 아닌거 같으면 다시 바꾸지, 뭐. 일단 해 보자!

그렇게 플래너를 쓴 지 3개월이 지났다.

3일로 끝났을 결심이 이어질 수 있었던 건 고작 오늘을 기록하는 데서 오는 의외의 기쁨 때문이었다. 인생은 계획대로 되지 않는다. 그렇지만, 내가 세운 작은 계획들로 하루를 내 것으로 만드는 날을 늘여 나갈 수는 있다.

미래의 어떤 날을 위한

'오늘 해야 할 일' 리스트가 아니라

'오늘 하고 싶은 나의 일'로

빈 공간을 새로이 채워 간다.

TO DO LIST만 하지 않기로 했다.

*** **12** ***

내 생각대로 바뀌는 삶

"작가는 아무나 되나?"

"진짜 배고픈 직업인데…."

정말 많이 들었던 얘기다. 그게 어릴 때든, 성인이 돼서 들었든 시기는 중요하지 않았다. 내가 그렇게 생각하는지 아닌지, 그게 중요했다. 결국 내 생각이 쓰는 일을 내려놓게 만들었다가 다시 쓸 수 있게 만들었다.

"작가는 아무나 되나?"

→ "아무나인지 아닌지는 해 봐야 아는 거지!"

"진짜 배고픈 직업인데…."

→ "어차피 세상에 쉬운 일은 없잖아? 다른 일도 같이 하면 그만이지!"

시간이 흘렀고, 바뀐 것도 많았으며, 이제는 내가 하고 싶은 일을 포기하며 살기보단 순간순간 하고 싶은 걸 하면서 더 자주 웃어 보기로 했다. 현실적인 상황을 무시할 수는 없지만 현실만을 생각하며 살지 않기로 했다.

결국 내가 생각하는 대로 내 하루는 바뀌어 가고 있었다. 나는 그렇게 바라는 대로 글 쓰는 사람이 되어 있었다.

13

좋아서 하고, 하니까 좋다

하루가 쓰는 일로 시작해 쓰는 일로 마무리가 된다. 아침에 일어나면 플래너를 펼쳐 간단히 적는다. 그러곤 블로그를 쓰거나 책을 읽고 떠오르는 생각을 적으며 시간을 보낸다. 출근 준비를 하고 회사에 도착해서도 쓴다. 집으로 돌아와서 쉬다가 책 원고를 쓰기도 하고, 플래너에 고민을 적기도 하며 하루를 마무리한다.

온종일 대부분을 쓰는 시간으로 보내고 있다. 누가 하라고 해서 하는 일도 아니고, 해야만 해서 하는 것도 아니기 때문에 지루하게 느끼지 않고, 즐기면서 할 수 있는 게 아닐까 싶다.

주말에 노트북 앞에 앉아 한참 동안 써 나가고 있는 날 보면, 동생이 말하곤 한다. 징하다고. 엉덩이 안 아프냐고. 누군가 그렇게 말해 주기 전까지 난 그렇게 시간이 지났는지 모르고 있었다. 공부는 그렇게 하기 싫어하던 나였는데, 쓰는 일에 꽤 빠져 사는 듯싶다. 물론 찾기까진 쉽지 않은 여정이었다.

좋아하는 게 뭔지 찾기 힘들었던 사람이 나였다. 그걸 꼭 찾아야 하나 싶기도 했다. 좋아하는 일, 잘하는 일, 현실 중에서 뭘 선택해야 하는지 그런 주제를 가진 책도 많이 읽었지만, 내가 좋아하는 일을 알아야 참고라도 할 게 아닌가 싶은 마음에 답답해했다. 글 쓰는 일은 어쩌다 찾아온 사고로 시간 선물을 어마 무시하게 받아, 그 여유 속에 찾은 나만의 일이었다.

좋아하는 일을 찾아도 잘하는 건 별개의 일이고, 현실도 챙겨야 하기에 무작정 그 일에만 올인 할 수도 없다. 그런데 이젠 이러저러한 것들을 따지기보단 그냥 쓰면 된다고 생각하게 됐다. 잘 쓴다는 기준도 읽는 사람에 따라 다른

거니까. 좋아한다고 꼭 먹고사는 생업을 당장 내려 둘 필요
도 없다. 솔직히 그러고 싶은 마음도 없진 않았지만, 그러
기 위해선 시간이 더 필요하다고 생각했다. 회사는 회사대
로 다니고 그 외에 주어진 시간을 활용하는 걸로 시작했다.

목표를 확고하게 정하고 시작한 것도 아니었다.
그냥, 그저 좋아서 하게 된 일이었다.
그러는 일 하나가 둘이 되고, 둘이 셋이 되었다.
그렇게 써 내려가면서, 목표가 생겼고
내가 원하는 하루를 만들어 가고 있다.

제4장

나의 소중한 [오늘]

언제 올지 모르는 미래가 아니라,

바로 지금 가까이 있는 오늘 더 잘 살기로

회사 인간의 하루들

월요일부터 금요일까지 아침이면 지옥철에 간신히 앉아 영혼 없이 출근하곤 했다. 왕복 세 시간 넘는 거리를 오가며 나는 '그냥' 살고 있었다. 몸도, 정신도 힘들다고 느낄 때가 많았지만, 출퇴근 시간에 함께 가는 사람들을 보면서 다들 그렇게 사는 거라고 생각했다. 내가 바라보고 있던 건 더 높은 연봉, 안정적인 직장, 좋은 복지 등 남들이 보기에도, 듣기에도 괜찮아 보이는 조건이었다. 대학교를 졸업한 뒤 직장 생활을 해 나가면서 스스로 점점 더 잘되어야만 한다고 생각했다.

회사 인간의 하루는 이랬다.

오전 9시 반까지 출근하기 위해 6시 조금 넘어 기상해 준비하고 7시 반쯤 현관문을 열고 나서는 걸로 시작됐다. 집 앞에서 버스 타고 역까지 30분, 인천에서 지하철 타고 서울로 한 시간, 역에서 내려 열심히 걸어서 회사에 도착한다. 잠이 덜 깬 상태에서 점점 깨어 가기까지의 과정이었다. 생존 식량이자 약인 커피가 언제나 손에 들려 있었다.

일하다 보면 점심시간, 또 오후. 그렇게 퇴근 시간이 임박하고도 일이 안 끝나면 그대로 저녁 먹고 와서 다시 야근을 했다.

지금 생각해 보면 일은 '끝'이었던 때가 없었다. 오늘 못하면 내일 할 수밖에 없는 건데, 내일이 없는 것처럼 일을 했다. 마감 기한을 잡고 계획대로 업무를 해도, 시도 때도 없이 바꾸시는 갈대 같은 대표님 마음을 충족하기란 모두에게 여간 쉽지 않은 일이었다. 그래도 함께하는 팀원들이 있었기에 자정을 넘기면서도 열심히 하곤 했었다. 오늘이 아니면 안 될 것처럼. 그렇게 하고 다시 퇴근길에 올랐다.

그런데, 생각보다 우리나라엔 야근하는 사람들이 많다

는 걸 알았다. '다들 이렇게 사는구나⋯', '나만 힘든 거 아
니구나⋯' 생각했다. 그렇게 평일을 보내고 나면 주말이
왔다는 안도감에 잠시 행복했다. 평일에 못 잔 잠을 주말
에 해소하고 나면 또 월요일. 나는 그렇게 살고 있었다.

　당장 내 눈앞에 보이는 게
　그 이후의 시간을 보지 못하게 만들 수도
　있다는 생각은 하지 못했다.

　수능 보고 대학 가면 자유라고 생각했던 열아홉의 나도,
취직하고 월급 받으면 지금보다 더 나은 삶을 살 거라고
생각했던 졸업반의 나도, 공무원 시험을 준비하면서 합격
하면 평탄한 삶을 살 거라고 생각했던 내 친구 K도.
　'그저 이렇게 살다 보면 좋은 날이 있겠지' 했다.

입사와 퇴사 사이

새로운 직장은 설렘을 안겨 주곤 했다. 찰나인 게 문제였지만. 입사를 기점으로 전날과는 일정이 확연히 바뀌었다. 낯선 출근길부터 시작해 새로운 공간, 처음 보는 사람들을 마주하게 됐다. 첫 출근 날은 사회 초년생일 때나 이직했을 때나 정신없긴 마찬가지였다.

그렇게 때는 열심히 해 보자는 의지로 들어가 놓고 그후의 결론은 퇴사였다.

'정년퇴직도 결국은 퇴사가 아닌가?'

회사에 들어갔을 때는 경력을 쌓아 승진하고 능력 있는 사람이 되려고 했다. 그런데 1년이 지나고, 2년이 지나면서 회사를 오래 다니는 사람보다 관두는 사람들이 더 많다는 걸 알게 됐다. 덕분에 한 회사를 꾸준히 다닌다는 게 얼마나 어려운 일인지도 실감했다. 나 또한 이직이 잦았기 때문에 '혹시 나만 잘 적응을 못 하는 건 아닐까?' 하는 생각도 했다.

거의 계절이 바뀔 때마다 같이 일하는 사람들도 바뀌었다. 그러다 보니 내부 분위기도 싱숭생숭하고, 상사가 바뀌면서 기존 프로젝트가 마무리되지 않은 채 엎어지거나 수정될 때마다 받는 스트레스가 늘 존재했다.

나 오늘 사직서 내려고…!!

속닥속닥

생각보다 흔하게 듣는 말

언젠가 한번은 〈내 모든 습관은 여행에서 만들어졌다〉의
저자인 김민식 PD님 강의에서 퇴사에 관련된 스토리를
들을 수 있었다. 퇴사할 때 대부분의 사람은 이렇게 말한
다고 하셨다.

"자기 계발을 더 해 보고 싶어서(관련 공부를 한다거나, 더
　좋은 조건으로 이직을 한다거나)."
"건강상의 이유(본인, 가족 포함)."

하지만 진짜 이유는 겉으로 드러내기보단 대부분 마음
속에 간직하기 마련이다. 솔직하게 말하면, 마무리가 걱정
되기도 하고 동종 업계로 옮겨 갈 거라면 추후 누구를 다
시 만날 가능성도 있으므로 문제 되지 않게, 좋게 마무리
하려고 한다. 그래서 결국 일 때문도 아니고, 돈 때문도 아
니고, 바로 '사람' 때문이라는 것이다. '너 때문에 퇴사해
요!'라고 말하지 못해서 자기 계발이니 건강이니 하는 이
런저런 스토리를 만들어 내는 거라는 말에 강의장은 웃음
으로 가득찼다. 들으면서 내 얘기를 하는 줄 알고 뜨끔했

3개월차 박○○   1년차 이○○   2년차 최○○

는데, 아마 그렇게 느꼈던 사람이 많았나 보다.

　회사에 입사하면 그 끝엔 퇴사가 있다. 그게 정년을 다채우든 아니든 말이다. 사람이 좋았던 회사도 직원들이 하나둘씩 퇴사를 하게 됐고, 나 또한 그 행렬에 동참했다. 직후에는 불안한 마음에 잘못 선택한 것은 아닌지 스스로를 다그쳤지만, 지금은 그 선택에 후회하지 않는다. 사회에서 맺었던 좋은 인연은 그대로 가져가고 지금은 '나의 일'을 찾아 나갈 수 있게 됐으니 말이다.

　회사를 다니면서 미래를 그려 본 적이 있었다. 스트레스를 감내하며 허무한 마음을 가지고 이 회사를 계속 다닌다면 어떨지, 오래 다닌 만큼 연봉과 직급은 챙길 수 있을지 몰라도 그만큼 회사에 헌신하고 많은 시간을 투자해야 하는데, 그럴 자신이 없었다. 회사에 투자하는 시간이 나를 성장시키는 일이었다면 모르겠지만, 방향이 달랐기 때문에 퇴사를 결심하게 됐다. 잦은 이직과 퇴사는 늘 두려웠다. 그런데 해 보니 우려했던 것만큼 내 인생이 잘못되지도 않았고, 오히려 다행이라고 생각하게 됐다.

퇴사를 할지 말지는

오래 고민하는 게 아니었다.

한다면 혹은 안 한다면,

나에게 다가올 그 이후의 시간을

어떻게 보낼지를 더 많이 생각해 보는 게 어떨까?

3

회사는 나를 지켜 주지 않는다

돌고 도는 비슷한 생활은 지루함을 가져다주기에 충분했고, 난 지쳐 있었다. 경험상, 동료에 만족해하는 회사는 비교적 즐겁게 다닐 수 있었다. 하지만, 단지 그 조건만으로 정년퇴직할 때까지 다닐 수 없다는 것도, 직원으로 있는 한은 회사의 지침 아래 불리한 상황에서도 따를 수밖에 없다는 것도 알게 됐다. 열심히 하면 보상이 주어질 거라 생각하고 다녔지만 내가 경험한 현실은 그렇지 않았다.

회사는 나를, 내 인생을 지켜 줄 곳이 아니다. 회사의 재정 상황이 어려워지면 직원들은 언제 내쳐질지 모르는 곳이 되기도 하니까. 직장 생활 경력이 쌓여 가면서 조금 더 현실적으로 사회를 바라보게 됐다.

대학교를 졸업하고 일을 하면서 결혼을 앞둔 분들을 많이 보게 됐고, 결혼 후의 직장 생활도 자연스럽게 옆에서 볼 수 있었다. 여자 선배들은 출산을 통해 감수해야 하는 것들이 많았다. 회사에서 오랜 세월 근속하며 능력을 쌓아 왔지만 임신과 출산의 공백으로 승진이 어려운 경우도 있었다. 육아 휴직 제도가 마련되어 있었지만 아이가 크기엔 짧은 시간이고, 그 기간을 마친 후 아이를 챙기면서 회사 일을 병행한다는 건 정말 강한 의지와 지원 없이는 해내기 힘들다는 것도 짐작할 수 있었다.

결국 이리 보나, 저리 보나 내가 원하는 삶에 가까이 가려면 '준비'가 필요하다고 느꼈다. 성별에 관계없이 직장이란 전쟁터와 같은 곳이고 스트레스도 함께 받지만, 내가 여자이기 때문에 같은 성별의 선배의 삶에 더 초점이 맞춰졌다. 결혼을 고려한다면 몇 년 뒤 나도 비슷한 상황이지 않을까 싶었다.

그러나 현실적인 조건을 이유로 다가올 내 미래를 한정 짓고 싶지는 않았다. 그래서 고민이었다. 돈은 끊임없이 필요하고, 집안은 어렵고. 바라는 일을 하면서도 행복할 수 있는 방법이 뭘까? 그렇게 사는 사람들은 어떤 사람들인지, 어떻게 이룬 건지 궁금했다.

이런 고민에 대한 질문이 시작이었다. 지금의 내가 이전과는 달리 생각할 수 있는 이유가 되어 줬다.

회사가 탄탄한 울타리인 줄만 알았다. 분명 다니면서 좋은 점도 있었다. 그러나 내가 원하는 삶과는 거리가 멀어 보였다.

날 책임져 줄 수 있는 것은
회사가 아니라, 나였다.

회사가 아니라
내 스스로 지키는 거였다.

4

열심히 산 만큼 열심히 쉰다

2년 전, 현실 도피 여행을 떠났다. 여행을 가지 못해 안달 난 사람처럼 회사에 사직서를 내던지고 한 달 만에 세 차례나 떠났다. 연달아 이직해서 쉼 없이 달려온 회사 생활에 진절머리가 나 있었고, 여러모로 힘든 상황들에 몸도 마음도 지칠 대로 지쳐 있었다. 몇 년간 나에게 주는 보상이 없었던 내 상황은 날 도망치게 만들었다.

햇살에 비친 파도가 에메랄드빛을 띠며 찰랑거릴 때, 바다를 보며 나무 그늘 아래 누워 있었다.

"이런 게 행복이지!"

복잡했던 머릿속을 하얀 도화지로 만들어 주는 건, 초록

색과 파란색이 어우러진 풍경이었다. 살며시 눈만 감고 있어도 마음에 안정이 찾아왔다. 내가 아무것도 하지 않아도 자연은 시원한 바람과 파도로 맞이해 줬다. 그 순간, 모든 게 편안해졌다. 아무것도 하지 않으면 손에 쥐어지는 게 없어 고군분투했던 일상과 달라서 좋았는지도 모르겠다.

열심히 쉬는 시간은 지금도 나에게 꼭 필요하다. 그렇다고 일상을 방치해 두고, 매일 여행 떠날 생각만 하는 건 아니다. 이제는 그 일상을 즐기는 방법을 찾는다.

하루를 바쁘게 보내더라도 잠깐의 시간은 그 어떤 방해도 받지 않고 혼자만의 시간을 가진다. 드라마 보던 시간을 나만의 시간으로 바꿨다. 그랬더니 많은 것들이 달라졌다. 바쁘기만 했던 하루에 조금씩 여유가 생기기 시작했다. 주말에는 가까운 공원이나 동네 뒷산에 가서 복잡했던 생각을 간단히 정리해 오기도 한다. 그러다 보니 또 새로운 취미도 갖게 됐다.

한번 쉬어 보니깐 살면서 쉬는 게 얼마나 중요한지 알았다. 열심히 살아야 한다는 건 분명 맞는 말이지만, 그 속에

는 열심히 쉬는 시간도 포함되어야 한다는 걸 알았다.

사고로 걷지 못했을 땐 일하지 않아서, 돈을 벌지 못해서 불안했다. 그때 어떤 책 속에서 이런 문장을 봤다.

'쉬어 가는 걸 멈춰 있다고 생각하지 마라!'

그 이후로는 쉬는 걸 나태하거나 게으르다고 여기지 않기로 했다. 하루 24시간 중에 30분이라도 오로지 나를 위한 쉬는 시간을 갖기로 했다.

쉼을 통해 느끼는 감정과 생각으로 우리는 다가오는 내일을 조금 더 유연하게 보낼 수 있지 않을까.

그만큼 달려왔으면
이젠 숨 고를 시간도 가져 보자.
우리는 그 시간으로 내일을
더 단단히 살아갈 수 있을 테니.

5

지금으로 미래까지 단정 짓지 않기로

여행을 다녀온 후 다시 취직하려고 했던 나는 교통사고
라는 특수한 상황을 겪으면서 얼마간의 공백 기간을 보내
야 했다.

앞날에 대한 고민은 시간이 지날수록 더 깊어졌다. 기나
긴 날을 그렇게 보내면서 회사에 다시 돌아가고 싶지 않다
는 생각이 점점 더 확고해졌다. 제법 쉬었기 때문에 모아
둔 돈은 다 끌어 썼고, 계획은 아무것도 없었는데 무슨 자
신감이었는지.

방향을 틀어 전과 비슷한 조건의 회사가 아닌, 경력을

살려 아르바이트를 시작했다. 무엇인가 배우고 기틀을 마련하기 위해서는 어쨌든 돈이 필요하니, 다니면서 해 보고 싶었던 것들을 해 보기로 했다.

좋은 조건을 고집하며 규모가 큰 회사를 다닌다면 시간 확보가 어려울 거 같았다. 예정된 두 번째 수술을 하고 나면 몇 개월 동안은 정상적인 생활을 바로 이어 가기 어려울 거 같았기에, 재취업을 한다고 해도 그 부분이 계속 마음에 걸렸다. 고민 끝에 작은 광고 회사에서 아르바이트를 시작한 것이다. 나에겐 최소한의 안전장치였다. 만약 해 보고도 답이 나오지 않는다면 별수 없이 돌아가려고 마련했던 보험이었다.

다행히도 다니면서 고민에 대한 답을 하나씩 찾아 나갈 수 있었다. 사람인지라 더 높은 연봉을 받고 싶었고, 좋은 대우와 복지를 누리고 싶었지만, 그보단 더 중요하다고 생각한 게 있었기에 내 것이 아니라고 생각하고 놓았다. 지금 놓지 않으면 나중에는 더 놓기 힘들 거 같았고, '두 번째 수술'이 핑곗거리가 되어 주기도 했다.

그러면서도 주말이면 원하는 강의를 들으러 가는 버스

에 가볍게 올랐고, 돌아와서는 더 탄탄하게 다음 일주일을 어떻게 보낼지 계획할 수 있게 됐다. 야근이 일상이었던 전과는 달리 하루 24시간을 알뜰하게 보내는 기쁨을 느낄 수 있었다. 그러다 보니 일하면서도, 집에 와서도 즐거웠다.

그렇게 도전하며 6개월을 보냈고 많은 사람을 만나며 새로운 일을 할 수 있게 됐다.

두 번째 수술을 앞두고 회사를 정리하려던 차에 수술 후에 직원으로 다시 복귀해 줬으면 한다는 제의를 받게 됐다. 그러면서 지난 6개월을 돌아보게 됐다.

그간 겪어 온 일을 보면, 조금 더 이대로 나에게 투자하는 시간이 필요하다는 결론이 나왔다. 칼퇴가 가능한 곳에서 일하고 있었기에 퇴근 후의 시간을 잘 쓸 수 있었다. 이대로 나에게 투자하는 시간이 더 필요하다고 생각했다. 나중엔 이 방향이 아니라 다른 방향을 선택할 수도 있지만, 나의 일을 늘려 나갈 시간과 월급이 필요했기 때문에 복귀를 결정했다. 현실과 적정한 타협을 본 결정이었지만, 언제간 회사에 소속된 내가 아닌 온전한 '나'로 설 것이라는 다짐도 함께했다.

회사에 대한 생각은 비슷하지만, 각자의 상황에 따라 선택은 다 다를 것이다. 멀쩡히 직장 다니던 내가 사직서를 내고 나서 사고까지 겪을 줄 어느 누가 알았을까. 한 시간 이후의 일도 알 수 없는 것처럼 지금의 상황으로 미래의 나를 단정 짓지 않기로 했다. 오늘날 어떤 직장을 다니고 연봉이 얼마라고 해서 언제까지 유지될지 알 수 없는 일이며, 지금 월 100만 원 번다고 해서 내년에 월 1,000만 원 벌지 못한다는 법은 없지 않은가.

못 걷는 생활로 휠체어도 타 보고, 목발도 한참 짚어 보니 정신만 멀쩡하면 도전하지 못할 일이 없다는 생각을 하루에도 수십 번씩 할 수 있었다. 초긍정 마인드의 뿌리는 여기서 나왔다.

다시 걸을 수 있게 된 난, 현실과 부딪쳐 보며 전처럼 쉽게 무너지지 않기로 했다.

6

가고 싶은 곳으로 달린다

학교나 회사로부터 멀어져 보니 안에서 배울 수 있는 것보다 밖에서 배울 수 있는 게 훨씬 더 많음을 알았다. 울타리 밖에서 하나씩 해 보면서 터득한 것들이 나에겐 큰 배움이 되어 주었다. 그 경험은 교과서나 업무 매뉴얼로 공부한 것보다 오랫동안 나에게 머물러 있었다.

대학교 진학을 앞두었을 때, 나로서는 이런 사실을 알 길이 없었다. 여태 듣지도 보지도 못한 학과, 뭘 배우는지 그 당시엔 짐작할 수 없는 학과가 줄지어 입시 자료에 적혀 있었다. 내 성적에 맞으면서도, 취업에 유리한 전공을 선택했고, 다니는 동안은 나름 재미있게 공부했다. 그러나 재밌게 공부한 거랑 진로는 별개 문제였다. 그래서 뭐든 해 봐야 안다. 그리고 '끝까지 안 가더라도 아님 말고' 하는 정신도 필요하다.

졸업하니 경쟁은 더 치열해지고 그 속에서 살아남기는 점점 더 어려워지는 거 같았다. 많은 사람이 공무원 시험을, 대기업 입사를 몇 년씩 준비하고 있었다. 나름 한다고 했는데, 성적표에서는 적성을 찾을 길이 없었다. 취직 잘되는 학과에 맞춰 들어갔는데 졸업할 때 보니 취업 경쟁률은 하늘에 닿아 있었다. 대학 졸업과 취업, 잦은 이직을 경험하면서 앞으로 이렇게 현실만 보고 가다가는 갈수록 지칠 것만 같았다.

달려가던 길이 강제로 멈춰지고 나니, 그제야 주어진 삶을 즐기는 사람들이 보였다. 금수저가 아니어도 자신의 하루를 만족스레 만드는 사람들. 나와는 삶을 사는 방법이 달랐다. 그들을 보며 알았다.

그 어떤 것보다 중요한 건 성적이 아니라, 대학이 아니라, 내가 어떤 삶을 살고 싶은지 아는 거였다.

모두가 달리는 정신없는 상황 속에 떠밀리지 않고, 바짝 정신 차려서 내가 어디로 가고 있는지를 먼저 파악해야 했다.

많은 사람이 같은 곳을 보고 달려간다. 한곳에 몰리니 그 길은 막히기도 하고, 가도 가도 속도가 안 나는 사람도 생긴다. 나는 그 길에서 생각보다 빨리 지쳤다.

만약 스스로 빨리 지쳐 가는 걸 느끼고 있다면,
잠시라도 몸과 마음에 시간을 주면 좋겠다.
내가 원하는 삶이 지금의 모습인지,
그 방향을 향하고 있는지,
멈추고 되돌아보는
그런 시간을 주면 좋겠다.

무슨 줄인지, 왜 그곳에 있는지
나는 알았어야 했다.

7

평생을 살게 하는 어떤 기억들

그날, 엄마는 나와 동생에게 검은색 옷을 입혀 주었다. "이제 아빠 만나러 갈 거야, 근데 울면 안 돼"라는 말과 함께. 죽음에 대해서도 누군가 들려줬다. 이제 아빠를 못 본다고, 그래서 마지막 인사하는 거라고.

엄마 손에 이끌려 들어간 곳에는 사람들이 많았다. 할머니, 고모, 작은아빠 다 어디 갔나 했더니, 그곳에 모여 있었다. 근데 갑자기 다들 소리 내어 운다. 내가 아는 사람들이 다 울고 있었다. 왜 그러는지 알 수 없었다. 그리고 두리번거리던 중 알게 됐다. 난 아빠의 마지막 모습을 볼 수 있었다. 저기 끝에, 아빠가 침대에 누워 있었다. 나도 눈물이

나려고 했다. 그런데 엄마가 밖에서 했던 말이 생각났다.

"다 울어도 너는 울면 안 되는 거야."

그 이유가 뭔지도 모르면서 흐느낌 사이에서 울지 않으려고 부단히 애를 썼다.

그리고 또 다른 장면.

날씨가 좋았다. 키가 큰 나무들 사이로 파란 하늘이 보였다. 구름도 떠다니고 곳곳엔 햇빛이 퍼졌다. 주위에 풀도 많았고, 여섯 살이었던 난 그곳을 뛰어다니며 놀았다. 누군가 내 옆에 다가와 손가락으로 저 옆을 가리키며, 아빠가 가는 거라고 말했다. 기억으론 할머니가 아니었나 싶다. 네모난 나무 상자가 땅속으로 옮겨지고 있었다. 아빠가 하늘나라로 갔다고 했다. 이제 더 이상 못 본다고. 여섯 살 아이는 어른들이 그렇다고 하니, '그런 거구나' 했다. 앞으로 못 본다는 게 역시 어떤 의미인지 잘 모르는 채로.

1년, 2년, 5년, 10년… 아무리 시간이 지나도 아빠는 볼 수 없었다. '아빠'라고 부르지도, 보지도 못하고, 얘기도 할 수도 없었다. 친구들이 아무렇지 않게 부르는 '아빠'라는 단어는 나에게 점점 어색하게만 느껴졌다.

아빠의 죽음을 보고도 이해하지 못했던 나는 크는 내내 너무 오랜 시간 동안 눈물을 쏟아 내야 했다. 첫째 딸이라고 엄마가 일 나갔을 때 동생을 챙겨야 한다는 책임감과 엄마 앞에서 힘든 모습을 보이면 더 마음 아파할 거라는 걸 너무나도 일찍 알아 버린 탓이다. 때때로, 문득문득 그냥 울었다.

시간이 지나도 같이 흘려보낼 수 없는 기억이 있다. 잊고 살았다고 생각했는데, 어느 순간 비슷한 풍경과 마주하거나 비슷한 목소리를 들었을 때 빛바랜 기억이 다시 수면 위로 떠오를 때가 있다. 아직도 그때의 기억을 가지고 있다는 사실에 스스로 놀라기도 한다. 우리 가족에겐 아빠와의 기억이 그렇다. 짧지만 굵은, 아프고 또 행복했던.

기억 저편에 꺼내 볼 수 있는 장면이 남아 있다. 하나는 바닷가 도로변에 차를 세워 두고 아빠가 나를 번쩍 안고 있었던 장면. 다른 하나는 어린 동생이랑 나란히 예쁜 드레스를 입혀 놓고 집에서 사진을 찍으려고 준비했던 장면.

그 어린 나이에 있었던 일을 기억하는 것도 신기할 따름이지만 어쩌면 하늘이 나에게 준 선물이 아니었을까 싶기도 하다. 어린 시절 한두 가지의 행복한 기억만 있으면 그걸 기억하고 인생을 산다는 말이 언뜻 이해가 되기도 했다. 사랑을 받고 자랐다는 기억 한 조각은 삶이 어렵고 고달플 때 또다시 힘을 낼 수 있도록 도와주기도 하니까.

아빠와 함께한 시간은 잠시였어도 마음 한구석에 담아둔 소중한 기억은 오늘을 더 좋은 날로 만들어 줄 걸 안다. 앞으로도 행복한 날을 만들어 갈 수 있음을 믿는다.

매일 아빠를 생각하지는 않아도 추억은 세월과 함께해 왔다. 눈에 보이는 건 아니지만, 그런 것들이 지금의 나를 있게 한다. 사람은 태어나서 누구나 죽음을 맞이한다고 하지만 그게 언제인지는 아무도 알 수가 없다. 나이가 들면 죽음을 맞이한다고 생각했던 때와는 달리, 너무 일찍 가버린 아빠와 갑작스럽게 찾아온 사고를 겪으면서 죽음엔 기준이 없다는 걸 실감하게 됐다. 한때는 행복한 기억도 있지만 친구들에게는 없는 아픈 기억을 가지고 살아왔으니 나에겐 더 이상 감당하기 힘든 고통이 생기면 안 된다고, 그러면 너무 불공평한 거 아니냐고 생각했었다.

그런데 남에게 일어나는 고통은 언제든지 나에게도 일어날 수 있는 일이고, 남에게 주어진 것들만 많았던 게 아니라 나에게 주어진 것들 또한 많이 있었다.

*** **8** ***

나를 더 잘 들여다볼 수 있는 연애

여고에서 3년간 공부를 하면서 대학교에 가면 연애도 하고 자유를 가지리라 다짐했다. 다행히(?) 바람대로 이루어졌다.

'결혼은 선택, 연애는 필수!'라는 말이 있는데, 결혼은 잘 모르겠지만, 연애는 그간의 경험으로 왜 그런 말이 나왔는지 이해할 수 있었다. 즐거움을 넘어서 사랑을 하면 '나'를 되돌아보게 되고, 상대를 이해하게 되고, 갈등을 풀어가는 과정도 경험하며 성장한다는 걸 알았다. 나를 잘 알아 왔던 가족이나 친구가 나에 대해 말해 주는 것과 다른 환경에서 자라 온 연인이 말해 주는 건 또 다른 느낌이었다. '나'를 아주 객관적으로 돌아볼 수 있었다. 나의 단점과 마주해 보고, 반대로 상대방의 단점이 나에게 치명적이라면 어떻게 전달하는 게 좋을지 등등 인간관계를 맺는 데 있어서 필요한 부분을 연애하면서 알아갈 수 있었다.

헤어져도 보고, 솔로도 즐겨 보고, 그러다 다시 연애도 해 보면서 많은 감정의 변화를 느끼게 됐다. 상대방과 맞지 않는 부분들이 수두룩했지만, 맞춰 가려고 해도 도저히 맞춰지지 않는 경우도 있었다. 연인 사이에도 그 차이가 크면 결국 오래가기 힘들다. 대신 무조건 맞추는 것이 아니라 '맞춰 갈 수 있는 사람'이 있다는 걸 알게 됐다.

살아온 환경이 다른 사람들이 만나 연애를 하다 보니 처음엔 감정 소모도 크고, 애정 전선에 삐거덕거리는 일이 잦지만, 시간이 갈수록 심해지는 커플은 끝이 좋지 않았다. 어느 한 사람의 탓으로 돌릴 게 아니고, 서로의 삶을 위해서 이별을 해야 하는 경우도 있고 말이다.

사람을 오래 보는 스타일이라 한번 연애를 하면 그 기간이 긴 편이다.

오래 만나는 연애의 장점은 갈수록 감정 소모가 크게 없고, 존중과 배려가 바탕이 된다는 점이 아닐까. 처음엔 사소한 행동 하나에도 서운하게 느껴지고, 알아가는 과정에서 투닥거리기도 했지만 돌아보면 그런 시간이 있었기에 서로 이해하는 마음도 커 가는 게 아닐까 싶다. 그러면서 나를 알고, 그를 알아간다.

사고 당시, 가족과도 연락이 안 되던 순간, 퇴근해서 집에 막 도착한 남자친구는 내 연락 한 번에 서울에서 인천으로 달려왔다. 병원을 찾느라 나는 구급차를 타고 새벽 내내

이동했는데, 그것도 겨우 도착한 마지막 병원의 응급실엔 보호자 한 명만 들어올 수 있어서 얼굴도 볼 수 없었는데 계속 밖에 있었다는 사실을 수술 후에야 들을 수 있었다.

'나라면, 그럴 수 있었을까?'

결코 당연한 일도, 쉽지도 않은 일이었다. 사람을 만나면서, 특히 연인을 만나면서 내가 가장 중요하게 생각하는 게 있다. 세상에 '당연한' 것은 없다는 거다. 오래 만나다 보면, 상대방이 베풀면, 그 상황에 익숙해져 배려를 당연하게 생각할 때가 있다. 당연히 데려다줘야 하고, 당연히 자주 연락이 되어야 하며, 주말은 당연히 나와 만나야 한다는 그런 생각이 제일 위험하다는 걸 이전 연애에서 확실히 알았던 나다. 그런 생각들이 다투게 되는 원인이 되기도 한다.

상대방의 배려는 당연한 게 아니었다는 걸, 이별 후에야 알게 됐던 나였다. 그래서 지금 내 옆에 있는 그가 보여 줬던 행동에 더 고마움을 느낀다. 나도 그에게 그런 사람이었으면 좋겠다고 생각했다.

사랑은 단순히 '좋아서'로 시작하지만, 시간이 흐름에 따라 그 감정도 성숙해지고 자라났다. 상대방의 외모, 성격, 행동의 어떤 점이 좋아서 시작한 사랑이 나중엔 내 일상 속으로 스며들었다.

취업 전쟁과 노후 대비까지 해야 하는 현실에서는 연애도 힘들다고 하지만, 할까 말까 망설인다면 해 보면 좋겠다. 아픈 이별로 눈물 펑펑 쏟는 경험을 하게 될 수도 있지만, 그러고 난 다음 날엔 더 나은 나로서 살게 할 테니까.

*** **9** ***

부모님 말 듣지 마세요

친구 따라 처음으로 강연을 들으러 갔다. 사고 후 재활을 하고, 앞으로 어떻게 먹고살지 고민을 하던 시점이었다. 내용도 모르고 간 곳에서 난, 강연가의 수많은 꿈과 삶의 이야기를 들을 수 있었다. 어떤 고통 속에서도 굳게 일어날수 있다는 걸, 그 자리에 있음으로써 강연가는 증명해 보였다. 그 강연가의 이름은 '김수영'이었다. 〈멈추지 마, 다시 꿈부터 써봐〉, 〈마음스파〉 등 여러 작품의 저자이다.

그녀는 막바지에 부모님에 대한 분노 의지로 여기까지 왔다고 웃으며 말했다. 하고 싶은 일과 부모님의 의견 사이에서 갈등이 심해 고민하고 있던 사람에게 그녀는 말해 주었다.

내 인생인데, 부모님에게서 답을 찾으려 하지 말라고. 부모님 말 듣지 말라고.

가만 생각해 보니 나도, 내가 가고 싶은 방향과 엄마가 원하는 방향 사이에서 스트레스를 받았던 경험이 있었다. 퇴사를 결정할 때마다 걱정하는 엄마의 한숨 소리가 듣기 싫었던 적이 있었다. 그렇지만, 결국 내가 원하는 대로 선택해 왔다. 고집이 있었다. 새로운 일보단 회사에 진득하게 다니는 것이 안정이라고 생각하셨던 엄마는 걱정을 한껏 담아 이야기하셨다.

지인들과 대화를 나누다 보면 그건 아무 일도 아니라는 소리를 자주 듣는다. 실제로 친구 L은 퇴사를 하고도 집에 말하기가 두려워 출퇴근하는 척을 했다고 한다. L은 집안에서 알아채지 못하게 선의의(?) 거짓말을 하고 적절한 시기에 다시 회사에 들어갔다. 부모님을 너무 잘 알고 있었기에 본인만의 방법으로 대처했던 거다. 지금은 독립해서 잘 살고 있지만, 그때만 해도 부모님과 같이 살았던 친구는 꽤나 많은 시간을 안 받아도 되는 스트레스와 함께했을 것이다. A는 부모님의 대한 원망을 털어놓곤 한다. 배우고 싶었던 걸 부모님은 배우지 못하게 했다고 들었다. 들어 보니 당시 A의 입장에서 충분히 서운할 만한 상황이었다. 그런데 지금은 다시 해 볼 수 있는 상황임에도 그렇게 하지 않는다. 그리고 말끝엔 항상 부모님에 대한 원망이 따라온다. 스스로의 결정을 존중해 주는 게 나를 위해서도, 부모님을 위해서도 어쩌면 최선이 아닐까.

인지하지 못해서 그렇지, 같이 살다 보면 생각보다 부모님의 영향을 생각보다 많이 받는다. 성격이든 가치관이든 말이다. 선택에 대한 조언을 구할 수는 있어도, 결정은 결국 본인이 할 수 있어야 한다.

여러 시행착오 후 난 내 마음대로 선택했다. 그 선택으로 결과를 만들어 나가는 과정이 내겐 공부였다. 잘못 결정한 것은 아닌지, 결과가 안 좋으면 어쩌지 하는 걱정을 하기도 했다. 그 걱정 때문에 판단을 내리지 못하고 우물쭈물하기도 했었다. 망하면 어쩌나 싶기도 하고, 그 결과를 오롯이 혼자 감당해야 하니 무섭기도 하고 자신이 없었다.

그런데 안 좋은 결과를 받아들이는 것도 배움이었다. 선택은 내가 했으니 책임도 고스란히 내 몫이 됐다. 실패라고 생각했는데 시간이 지나면서 왜 이런 결과가 나왔는지, 방법은 없는지 다시 찾으려고 노력했다. 그렇게 그 과정을 발판 삼아 다른 선택을 할 수 있게 됐다. 어떤 결정을 할 때 늘 최악의 상황을 고려하지만, 결정을 하고 나서는 그런 결과를 만들지 않기 위해 집중했다. 스스로 내린 결정이기 때문에 문제가 생겨도 그 속에서 내가 해결할 수 있었다. 못할 거 같아도 눈앞에 마주하고 나니 해내고 있었다.

인생은 영원하지 않고,
두 번 있는 것도 아니며,
누가 대신 살아 줄 수도 없는 일이다.

부모님 울타리 안에서만 있을 수 있던 아이는 이제 성인이 돼서 울타리 밖에서도 다닐 수 있게 됐다.
나갈지 말지는 내 선택으로 결정되어야 한다.

인생은 내 선택의 합일지도 모르겠다.

10

무엇보다 '나'를 위한 선택들

사소한 것부터 무게 있는 것까지 끊임없이 우리는 선택하게 된다. 시간이 갈수록 선택하는 횟수도 늘고, 그걸로 감당해야 할 무게 또한 무거워졌다. '뭐 먹을까?', '뭐 입을까?', '어디 갈까?' 하는 사소한 선택부터 '어떤 학교를 갈까?', '어떤 회사에 취직해야 할까?'하는 진로 선택, '이 사람과 만나 볼까?', '결혼을 해야 할까?', '앞으로 어떻게 살아갈까?' 미래의 삶을 결정하는 중대한 선택까지.

어떤 게 옳은 선택인지 알 수 없는 것들이 많았다. 상황에 따라 달랐지만, 남들 하는 대로 선택해 보기도 했고 내가 원하는 대로 선택해 보기도 했다. 그렇게 선택을 배워

갔다.

　제일 어려웠던 선택은 직장이었다. 들어갈 때가 제일 고민이었다. 일단 회사는 겉만 보고 알 수 없는 부분들이 너무 많았다. 먹고사니즘과 직결된 문제라 중요했지만, 가봐야 알 수 있는 것들이 대부분이었다. 고민을 한다고 정답이 나올 리 없는 문제였다.

　사회 초년생일 땐 입사 후 경력 쌓고 오래 다니는 게 목표였던 나는, 현실을 마주하고 스스로에게 실망이 컸다. 연례행사처럼 이직하면서 애초에 회사를 잘못 선택했다고 생각했다. 나만 그런 줄 알았다. 회사가 폐업하기도 했고 그런 경험으로 운이 없다고도 생각했다. 생각처럼 풀리지 않는 일들이 계속되자 스스로 정신적, 현실적으로 감당해야 하는 부분들이 버겁게 느껴졌다.

　그런데 나만 그런 게 아니었다. 주변 지인들도 나만큼 혹은 그 이상으로 선택을 어려워했다. 힘든 상황들은 누구에게나 있었다. 내가 알 수 없었던 부분들을 확인하지 못했다고, 잘못 선택한 거라고, 내 탓으로 돌리며 책망할 일이 아니었다는 걸 나중에야 알았다.

A와 B 중에서 선택해야 할 때, 이젠 내 마음을 들여다보는 게 0순위가 됐다. 어떤 걸 더 원하는지, 혹시 A와 B가 아닌 다른 선택지는 없는지. 내 마음 가는 대로, 편한 대로 결정해 본다.

내가 편한 대로 결정해야 그 결정에 최선을 다할 수 있다고 생각한다. 내 마음엔 불편하지만 남들 눈에 좋아 보이는 결정은 그 순간에만 만족을 준다는 걸 알았다.

기회가 이번뿐이라는 생각 때문에 내 마음과는 다른 결정을 내렸던 적이 많았다. 그러나 기회는 열심히 내 길을 가다 보면 또 오곤 했다. 어쩌면 두 번째 기회가 찾아온 그때가 나의 타이밍일지도 모를 일이다. 불안하더라도, 내가 하고 싶은 마음이 생길 때, 그때 해도 괜찮다고 스스로를 다독여 준다. 내 마음을 0순위로 살필 수 있으려면 오늘 마시는 커피, 오늘 입을 옷, 오늘 먹을 음식, 오늘 만날 사람… 이런 작은 결정들부터 내가 해 봐야 한다. 선택이 어렵다고 친구한테, 동료한테 맡기기보단 다수의 의견에 따르기보단 작은 것부터 용기 내서 시작해 보자!

*** **11** ***

끝나기 전까지는 끝내지 말자고

　어릴 때부터 난 운도 지지리 없는 사람인가 보다 싶었는데, 지금은 힘들어도 감사한다는 소리가 저절로 나온다. 이렇게 사람이 급작스럽게 변해도 되나 싶을 정도로 사고 전의 나와 지금의 나는 생각도, 행동도 많이 다르다.

　기준이 남에게 있어 내가 가진 걸 볼 줄 몰랐고, 남은 가지고 있는데 내게 없는 것만 보며 불평했었다. 내가 아닌 남들의 기준에서 좋아 보이는 선택을 해 왔다. 친구들보다 더, 혹은 적어도 친구들만큼의, 좋은 직장에 다니며 멋져 보이는 이미지를 갖고 싶었는지도 모르겠다. 그런데 그건 허상이었다. 내가 원하는 삶이 아닌 상황과 환경, 남들의 시선들이 만들어 낸 좋아 보이는 이미지였다.

잘 나가는 직장을 내 발로 나오고 사고까지 당하니 자존
감은 바닥이 될 수밖에 없었다. 최선의 선택이라고 생각했
는데 그건 다 사라지고 내 잘못이라는 한탄만 가득했다.
결코 그런 것이 아님에도, 당장의 상황만 보였던 나로서는
그렇게 생각했던 거다.

'다 내 탓이야…'라는 자책이 든다면, 말해 주고 싶다.

아직 모르는 거라고. 끝나기 전까지는 끝내지 말자고.

퇴사 때문에 사고가 난 게 아님에도 나는 내 결정을 후회
했다. 그런데 지금은 그런 생각에서 벗어날 수 있게 됐다.

그럴 수 있었던 건, 고통의 시간을 계기로 다시 일어설
수 있어서였다. 다른 선택을 하고, 다른 삶을 살며, 내가
원하는 대로 살아 보겠노라고 하루하루를 선택해 왔다.

결과가 매번 좋을 리는 없었다. 결과가 별로일 때가 더
많았을지도 모른다. 또, 어떤 선택은 결과가 바로 나타나
지 않는다.

어쩌면 선택, 결과 그 자체보다도 더 중요한 건, 그걸 받아들이는 내가 아닐까?

자꾸 해 보니 선택만이 다가 아니었다.
좋든 안 좋든, 내가 그 결과를
어떻게 받아들이냐가
또 새로운 길을 만들어 냈다.

*** **12** ***

잘 사는 것이 아니라 사는 것이 목표

남들과 비교하는 삶에 끝이란 존재하지 않았다. 남들과 같은 길로만 가려고 했던 내가 지쳐 갈 수밖에 없는 이유였다. 계속된 경쟁에도 올라가지 못하면 뒤처졌다는 사실에 우울했다. 자존감이 낮아지는 건 자연스러운 결과였다. 끝을 내야 했다.

자존감에 대한 이야기를 많이 하는데, 그만큼 지금은 그걸 지켜 내기가 힘든 시기인 게 아닐까 싶다. 겪어 보니 바닥에 붙어 있던 내 자존감은 뭐든 비교하는 태도에서 시작됐다.

흔한 예를 들면 이런 거다. 나는 독박 육아인데, 친구는 커리어 우먼이고, 나는 취준생인데, 친구는 회사원이라는 비교. 겉으론 보이지 않는 각자의 고통이 있을 수 있는 건데 그걸 몰랐다. 커리어 우먼 친구는 그 때문에 출산과 육아를 포기하고, 취업에 성공한 친구는 그 속의 경쟁에서 살아남기 위해 준비생보다 더 치열하게 달리고 있다는 것을. 나만 선택이 어렵고, 결과가 꼬이는 듯 보이지만 알고 보면 사연 하나 없는 사람들이 없고, 비슷한 거 같지만 또 속사정은 다르다는 것을.

남들은 날고 있는데, 나만 바닥에 딱 붙어서 앞으로 가는 느낌조차 없고 날아갈 기미도 보이지 않는다고 스스로 가치를 깎지 말았으면 좋겠다.

사고 이후 병원에서 습관적으로 SNS를 들여다보곤 했다. 지인들의 행복한 삶을 보며 내 마음은 더 이상 내려갈 곳이 없을 거 같은데도 깜깜하고 깊숙한 곳을 찾아갔다. 스스로를 깎아내리기 시작하니 그 굴레에서 벗어 나오기가 쉽지가 않았다. 순식간에 자존감은 바닥을 향했고 그 상태가 꽤나 오랜 시간 계속됐다.

마음이 보이지 않는 밑바닥을 향해 가고 있다는 걸 문득 스스로 알게 됐던 날. 나를 가장 힘들게 하는 건 남도 아니고, 이 상황도 아니고 스스로 나를 향해 꽂고 있는 화살, 즉 나를 보는 내 시선이었다. 내 마음을 항상 감시하고 그런 생각을 못 하도록 컨트롤해야 했다.

그리고 그 시간을 겪으며 알게 된 중요한 사실 한 가지는 남들과 다른 나만의 길과, 그 길을 걷는 나만의 속도가 있으며 남의 길과 모양도 길이도 다 달라서 비교의 대상 자체가 되지 않는다는 거였다.

동그라미와 세모를 비교하면 뭐 하나. 처음부터 다른데. 동그라미는 동그라미의 할 일이, 세모는 세모의 할 일이 있는 것인데 재고 따지는 것이 무슨 의미가 있겠느냐는 말이다. 남들이 다 가는 길이 아니라, 나만이 가야 할 길이, 나만이 지킬 수 있는 속도가 있는 거였다.

그리고 지금과 똑같이 평생을 가지 않을 거라는 사실도 새겼다. 처음엔 느려도 하다 보면 가속도가 붙을 테니까. 그 당시엔 살려고 발버둥 치는 마인드 컨트롤이었는데, 말한 대로 된다더니 내 마음도, 상황도 점점 나아지고 있었다.

나만 힘든 비교는
이제 그만두기로 했다.
잘 사는 것이 아니라
사는 것이 목표다!

*** **13** ***

발자국과 발자국이 모여서

나만의 길을 걸어 보자고 마음먹었더니 신기하게도 자신만의 길을 걸어가면서 다른 사람을 도와주는 이들을 만날 수 있었다.

'난 누군가에게 도움을 줄 수 있는 사람일까?'

줄 수 있는 게 없다고 생각했다. 그런데 도움을 준다는 건, 아주 작은 일로도 가능했다.

'왜 그 기준을 높게만 생각했을까?'

누군가에게 도움을 줄 수 있는 사람은 능력 있는 사람이고, 그 사람은 사회적 기준대로 성공해야만 할 수 있는 일이라고 생각했다.

스스로 그 기준에 뒤처진 사람이라는 생각이 들었던, 마음이 버티기 힘들었던 시기가 지나가고 내 생각에도 반전이 찾아왔다. 주변에 있던 빛이 나는 사람들 덕분이었다. 누군가를 도울 수 있는 사람은 작은 것이라도 공감할 수 있는 사람, 나눠 줄 수 있는 사람, 사회에 선한 영향을 주는 사람이 아닐까?

다친 몸으로 아무것도 할 수 없어 사회생활이 어렵다는 걸 자각했을 때, 스스로를 탓하는 시선에서 벗어나올 수 있었던 건 얼굴도 모르는 따뜻한 사람들의 이야기와 응원이었다. 의욕이 없었던 날들을 이겨 낼 수 있었다. 몸이 아파서 하루하루를 버티며 살고 있었지만, 사실 내가 제일 아팠던 건 다리가 아니라 그때의 상황을 받아들이지 못하는 마음과 정신이었다. 내 이야기를 블로그에 쓰자, 글을 읽은 사람들이 댓글로 자신의 아픈 이야기를 꺼내 나눠 주었다. 그 하나하나의 마음은 다시 일어날 수 있는 힘이 되었다. 댓글을 적어 주신 분들이 한 글자씩 써 내려가며 어떤 생각을 떠올렸을지, 얼마나 고민하고 작성했을지 그대로 느껴졌다.

"글을 읽는 동안 눈물이 났어요."

"잘 극복해 주셔서 감사해요. 힘내 주셔서 감사합니다."

"이런 사연이 있었군요. 그저 대단하고 대견하네요."

"한 글자도 빼지 않고 다 읽었네요. 강한 분이시네요."

그렇게 하나하나 읽어 나가며 나는 두려움, 불안함을 떨쳐 낼 수 있었다. 아픔을 담은 내 글은 또 다른 이들에게 위로가 되었다. 내가 쓰고 싶어 쓴 글이 누군가에겐 도움이 되었다. 그래서 생각했다. 내가 하고 싶은 일로 더 나눠 줄 수 있는 사람이 되었으면 더 좋겠다고.

그 경험으로 누군가에게 도움을 주는 데에는 큰 재능이 필요하지 않다는 걸 알았다. 내가 받아 보니, 돕고 싶은 마음 하나면 충분했다. 뭐든지 그런 마음에서 시작을 해 볼까 한다.

혼자 앞서가기 바쁜 사람보단,

나도 잘 살면서 주위의 다른 이들과

함께 걸어가는 사람이 되고 싶다.

14

나스럽게 뚜벅뚜벅

어릴 땐 회사에서 능력 있는 어른으로 성장한 내 모습을 상상했던 적이 있었다. 사회에 발을 내딛고 여러 해를 보내고 나니 나에게 더 어울리는 모습이 따로 있음을 알게 됐다. 시간이 지날수록 겉모습보단 내 마음을 더 잘 들여다볼 수 있는 사람이 됐고, 나의 일을 하는 것이 가치 있다는 걸 알고 선택할 수 있었다.

언젠가 한번은 뜻하지 않은 제안을 받아 고민하다가, 하고 싶은 일을 해 보겠다고 결심한 이유를 떠올리게 되었다. 너무나도 감사하고 또 과분한 일이었지만 내 자리가 아니란 걸 깨달았다. 경제적으로 더 나은 조건이면 언제든 수락해 왔던 나였지만, 이번엔 다른 선택을 하게 됐다. 스스로 무엇에 집중해야 할 것인지에 대해 깊게 고민했고, 해 왔던 여러 가지 일 중에 계속하고 싶은 일을 찾아 해 나갔다. 생각보다 좋은 제안을 거절하는 것은 말처럼 쉽지가 않았다. 마음이 많이 흔들리는 일이었다. 그러나 언제든 나의 자리에서 꾸준히 해 나간다면 앞으로 다른 기회는 또 올 것이라고 믿었다.

좋은 제안을 거절했다고 하면 어떻게 그런 자리를 내칠 수가 있냐고 할 수도 있겠다. 그런데 난 미래만을 쫓을수록 어딘가 많이 답답했다. 그래서 오늘의 나를 더 생각해 주기로 했다. 누군가 좋은 제안을 해 온다면 눈앞의 이익이 아닌 나만의 목적을 위해 선택할 수 있는 사람인지 스스로 물어볼 수 있는 기회가 됐던 경험이었다. 이전의 나였다면 고민하지 않고 가겠다고 했을 게 분명했다. 그런데 나는 아프고 힘든 2년을 보내 왔다. 그리고 그 시간은 내가 다른 선택을 할 수 있도록 도와줬다.

나는, 나를 위한 일을 더 해 보기로 했다.

걷지 못했던 시간이 지나고 흐르면서 몸만 회복되는 게 아니었다. 마음도 더 단단해진 듯하다. 그걸 믿고, 그냥 하고 싶은 대로 해 봤다. 나중 일은 생각하지 않았다. 취미처럼 시작했다. 그 일들은 재미와 의미를 가져다줬다. 그리고 아무것도 할 수 없던 나의 오늘 하루를 가득 채워 줬다. 주위에 함께하는 사람들도 생겨났고, 회사를 다니지 않아도 할 수 있는 나만의 일들이 하나씩 생겨났다.

조금 더 이렇게 살아 볼 예정이다. 남들과 다르게 살면 큰일 나는 줄 알았는데, 막상 해 보니 괜찮았다. 지금의 이 삶이, 내 선택이 마음에 든다.

나한테 물어보길 잘했다.
걸을 수 있는 삶에 감사하며,
오늘 하루도 나스럽게
뚜벅뚜벅 잘 살아 본다.

Thank
You!

조금 달라진 하루, 한 달, 반년, 1년.

아마 이 시간에도 병원에 계신 분들이 계시겠죠. 이젠 119 구급차 소리만 들어도 마음이 좋지 않습니다. 새벽 내 내 구급차와 병원을 오갔던 저였기 때문이죠. 누군가 무사하기를, 별일 없기를 바랍니다. 아픈 분들이 세상에는 너무 많더라고요.

매일 출근하고 업무로 치이고 스트레스받으며 보냈던 하루에 불만이 많았어요. '집안 형편이 좋았다면 달라졌을까?' 하는 생각도 했었죠. 그런데 그렇게 주어진 하루는 결코 당연한 게 아니라는 걸 알게 됐습니다. 사고를 당해서 내 힘으로 화장실도 갈 수 없었던 날을 겪고 나서 말이죠. 두 다리로 걷는 것도, 듣고, 보고, 만지고 하는 것들. 너무나도 쉽게 당연하게 여길 수 있는 것들이 절대 당연하지 않더라고요.

다시 걸을 수 있는 지금은 주어진 시간에, 또 상황에 감사하게 됐습니다. 힘든 일이 있어도 '그래도, 걸을 수 있잖아'라고 생각합니다. 주어진 오늘이 소중해졌어요. 내일은 또 모를 일이니까요. 버스에서 하차하려고 카드를 찍는 그 순간까지 저는 1분 뒤의 일을 예상할 수 없었어요. 더디게만 갔던 시간을 보내고, 다시 걸을 수 있게 됐을 땐 그 시간의 가치가 달리 보이더라고요.

책을 읽고, 블로그를 시작하고, 해 보고 싶은 일을 하나씩 해 나가고 있습니다. 신기하게도 시간이 턱없이 부족하게만 느껴졌던 날과 달리 나를 위해 보내는 시간이 늘어났고 응원해 주시는 분들이 있어 마음도 치유가 됐어요.

예고 없이 사고가 찾아왔고, 좌절과 원망, 우울함까지

단어로 표현할 수 없는 수많은 감정이 마음을 거쳐 갔습니다. 언제 걸을 수 있는지도 확실히 알 수 없었고, 기다려도 호전되지 않는 상황에 불안감과 두려움은 무겁게 자리 잡았죠. 누군가는 지금 이 순간에 그럴지도 모르겠습니다.

만약 그렇다면, 어떤 이유로든 자책하지 마세요. 내일을 단정 짓지도 마세요. 일어날 힘이 없다면 그대로 앉아 있어도 괜찮아요. 어쩌면 내 인생에서 지금은 아무것도 하지 않아도 되는 시간일 수도 있으니까요.

사고는 아픈 경험이기도 하지만, 그 경험이 없었다면 이런 생각을 미처 하지 못했을 거예요. 당시엔 좌절의 순간이었고, 깜깜했지만 두 번째 수술까지 마친 지금은 터닝 포인트라고 말해도 과언이 아니라고 생각합니다. 다시 얻은 소중한 하루를 완전히 나스럽게 보내려고 합니다.

꿋꿋이 써 내려갔던 많은 날을 함께해 주셔서 감사합니다.

여기까지 올 수 있도록, 또 앞으로 나갈 수 있도록 힘이 되어 주신 이은대 작가님, 자유의지 님, 국제성모병원 주치의 선생님, 간호사 선생님, 혜화동 이상호 대표님과 이연수 에디터님, 저희 가족분들 모두에게 감사함을 전합니다.

함부로
오늘을 버리지
않을 것

1판 1쇄 인쇄 2020년 12월 7일
1판 1쇄 발행 2020년 12월 11일

지은이 왕다현
그림(본문) 왕정아
발행인 이상호
편   집 이연수
발행처 도서출판 혜화동
출판등록 2017년 8월 16일 제2017-000158호
주소 서울특별시 강서구 공항대로 237 (마곡동) 에이스타워마곡 1108호 (07803)
전화 070-8728-7484
팩스 031-624-5386
전자우편 hyehwadong79@naver.com
ISBN 979-11-90049-19-1 03810

ⓒ 왕다현 2020